主编／高长梅 王培静

◎文学新观赏·青少年读写范典丛书

花开的声音

田际洲 著

HUA KAI DE SHENG YIN

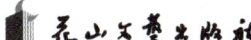

花山文艺出版社

图书在版编目(CIP)数据

花开的声音 / 田际洲著. —石家庄 : 花山文艺出版社, 2013.6(2021.6 重印)
("读·品·悟"文学新观赏·青少年读写范典丛书)
ISBN 978-7-5511-1040-2

Ⅰ.①花… Ⅱ.①田… Ⅲ.①小小说—小说集—中国—当代 Ⅳ.①I247.8

中国版本图书馆 CIP 数据核字(2013)第 112064 号

丛 书 名:	文学新观赏·青少年读写范典丛书
主 编:	高长梅　王培静
书 名:	花开的声音
作 者:	田际洲

策 划:	张采鑫
责任编辑:	卢水淹
责任校对:	齐　欣
特约编辑:	李文生
全案设计:	北京九洲鼎图书有限公司
出版发行:	花山文艺出版社(邮政编码:050061)
	(河北省石家庄市友谊北大街 330 号)
销售热线:	0311-88643221
传　　真:	0311-88643234
印　　刷:	永清县晔盛亚胶印有限公司
经　　销:	新华书店
开　　本:	710×1000　1/16
字　　数:	130 千字
印　　张:	10
版　　次:	2013 年 7 月第 1 版
	2021 年 6 月第 2 次印刷
书　　号:	ISBN 978-7-5511-1040-2
定　　价:	36.00 元

(版权所有　翻印必究·印装有误　负责调换)

读,是为了更好地写

高长梅

阅读的目的是长见识,是提升自己的文化素养。这是"读"的基本意义。

很多时候,我们的阅读也无任何的目的,就是为了消遣,为了解闷,为了打发时光。其实,这是"读"的另一种境界。

但对学生乃至爱好写作的人而言,"读"还是为了"写",即人们常说的"读写结合"。这,却是大有讲究的。

"读什么","怎么读","读"如何促进"写",这个问题困扰人们少说也有两千多年了。外国不言,单说我国自《诗经》始,《四书五经》到《千家诗》《古文观止》《唐诗三百首》,哪一个的"读"不涉及后人的"写"?"熟读唐诗三百首,不会作诗也会吟"就说明了"读"和"写"的朴素关系。

"读"于"写"的第一点,当是语言的积累。对绝大多数人而言,"会说"也"能说"几乎是与生俱来的,但这些不一定就是我们写作的语言。即使你"会说"、"能说",但不一定能准确表述你的想法,你的所见所闻;尤其是不一定能用丰富的、生动的、形象的语言或简洁的、凝练的、科学的语言来描述人或事物或观点。写作当如建房,没有各式各样的语料积累,其结果可想而知。巧妇难为无米之炊,再牛的能工巧匠没有基本的建筑材料他也盖不起房子来。但语言积累,不是简单的语言记忆,要内化为自己的,要在自己的胸中发酵,要让它带上自己的思想、情感。这样,在写作运用时,就不会是简单的模仿甚至抄袭。即使是原句引用,也会与你的文章融为一体,恰到好处。初学写作者,常常苦恼自己词汇少,不能准确表述自己的思想;或苦恼自己写得干巴巴的,没血没肉;或苦恼自己虽写得字通句顺,却不像别人写的那样摇曳多姿;等等。多积累语言,是根治这种"疾病"的唯一药方。因此,我们在"读"时,就要看别人是怎么用字、怎么用词、怎么用句……来描写、叙述、来情、议论的。

　　"读"于"写"的第二点,当是技巧的化用。"我手写我心",看似简单轻松,看似随意,但正如建房、砖头、瓦块、木料等都摆在了你的面前,却不是任何人都建得了房的,你得有建房的技能。写作也是一样,你得掌握一定的技巧。人物怎么描写,事件怎么叙述,情感如何抒发,道理如何论证,等等,你得掌握其基本的方法,然后才能"心到手到",写出一篇像样的文章。我们要像建房者,先做"小工",看人家是如何砌墙、如何粉刷的;然后做"匠人",亲自实践,在模仿中掌握其方法,逐渐为我所用;"匠人"做多了,熟练了,就成了"师傅"。"师傅"一级,技巧娴熟,房建得漂亮。而用心的"师傅"爱钻研,爱琢磨,结合他人的方法创造出更好的新方法,他就成了"建筑师"。写作同理。我们不少阅读者,语言的积累比较重视,但琢磨人家写作技巧的不多,所以文学爱好者不少,但成为作家的就少多了,原因大概与这有一定的关系。因此,我们在"读"时,就要看别人是如何选择材料、如何谋篇布局、如何安排结构、如何运用表达方式、如何布置情节……看他们如何安排重点、如何把人物写活、件、如何条分缕析丝丝入扣、如何巧妙起承转合……

　　"读"于"写"的第三点,当是思想的融合。有了语言的积累,也掌握了一定的技巧,文章也写得是这么一回事了。但你的文章仅仅止于此,那也不过如同一栋能住人的房子而已。一篇文章品质的高低,除了语言的准确、生动、丰富、优美、灵动……除了构思的奇巧、结构的多元、情节的波澜、布局的精妙、手法的多变……是否有思想就显得格外重要。我们常说,这篇文章语言优美,构思巧妙,但立意不高。我们还常说,这篇文章不仅语言优美,构思巧妙,而且立意高,有思想。一篇仅靠语言打扮的文章,就好比一个俗人涂脂抹粉；一篇仅靠卖弄技巧和语言的文章,就像一个没有灵魂的美人卖弄风骚而已。语言可以记忆,技巧可以模仿,但思想要靠领悟,要融入作品之中去反复地阅读,要从深层次去寻找作者的精神。有的人的文章写得很美,技巧也妙,但就是没有深度,没有思想,没有灵魂,没有底蕴,往往就事论事,往往只是当复印机,复制了场景,复制了人物,复制了事件,但都是没有活力,没有生气,没有精神的。在阅读中提升自己的思想,的确常被我们忽视。思想靠别人的潜移默化来,精神也靠别人的影响而来。我们常听说在阅读中提升了自己,净化了自己,受了一次洗礼似的教育,等等,大约就是指这些吧。所以,我们在"读"时要琢磨别人是如何通过人物的描写表现人物的思想、精神,琢磨别人如何通过将一般人眼中的小事、凡事写出其社会价值,琢磨别人如何从一滴露珠看出太阳的光芒……如何选择语言材料最准确、最鲜明地表达出思想内容而非干巴巴贴标签,如何通过景、人、物悟出其蕴含的道理而非故弄玄虚牵强附会……

"读"于"写"的第四点,当是情感的交融。文章当有情,无论你是否抒了情,情就不自觉地流出了你的笔端。阅读中,我们除汲取作者的语言养料、技巧养料、思想养料外,还要品味、感受作者的"情"。与作者同悲,与作者人物同喜,置于作者笔下的优美环境而赏心悦目,等等。这就是受作者之"情"的"滋润"。文章是否感人,除了语言、思想外,有无"真情"很重要。朱自清的《背影》靠的是"情"的打动,鲁迅的《记念刘和珍君》这篇"血写的文章"其实靠的也是"情"的喷发。一篇只有华丽的语言而无思想的文章犹如没有灵魂的躯壳；一篇即使有非凡高度思想而无情感的文章也不过是一具可能具有文物考古价值的木乃伊。但"情"在文中的宣泄如何把握,这也是我们在阅读中要学习的。这也是我们常犯的错误。写作中我们或无病呻吟虚假瘆人,或情溢滥觞叫人发腻。让"情"如何恰到好处,非向好文章学习不可。这样,我们在"读"时,就要仔细琢磨别人是如何选择写作语言表达出作者的喜怒哀乐之情,如何传递作者人物的喜悦、哀思、忧怨、恋情，或深、或浅、或缠绵、或热烈，或似小溪的舒缓、或似大海的波涛、或似斗室之花的温柔、或似山野之花的奔放……看作者如何褒贬对象，看作者如何措辞达意致情，看作者如何巧借人、事、景、物以寄寓情感……

"读"于"写"的第五点，当是风格的鉴赏。所谓风格，它是一个作家成熟的标志，是作者在文章（文学作品）中表现出来的艺术特色和创作个性。我们鉴赏其风格，主要是学习他如何创造和完善文章（作品）的风格，也就是看作者在处理题材、驾驭体裁、描写形象、表现手法、运用语言等方面各有什么特色，最终形成了怎样的风格。这些风格，最后成了一个作家个性化的标志。当然，这是"读"的高要求了。琢磨多了，实践多了，很多写作者也形成了类似的风格，便也融入了原作者的风格之中，也就形成了"派"。比如"荷花淀派"、"山药蛋派"、"读者体"、"知音体"，等等。当然，也不能简单模仿，也要适时变化，否则当年散文必"杨朔式"、小说必"欧·亨利式"的文学闹剧就会重演。

习作者若能此，写出好文章就有可能了。

弄明白了这些，还有一个重要的问题是选择什么样的读物。读名著，当然好。但很多名著由于作者所生活的时代不同，社会环境不同，或阅读者的阅历不够，文化积累不够，不一定读得懂，更不用说借鉴于自己的写作了。

基于此，我们推出了这套《文学新观赏·青少年读写范典丛书》。这些作品，不是名著，但是属于好作品；没写重大题材，但大都真实反映了社会生活的变迁，人们精神面貌的焕然一新；没有高深莫测的技巧，但或平实、或奇巧、或清新可人、或浓郁奔放，更适合青少年读者学习、借鉴。

 第一辑　花开的声音

红船·· *002*
兄弟·· *004*
废墟下的一堂课·· *007*
神奇的情敌·· *008*
生命的花朵·· *012*
神圣的炊烟·· *013*
活着·· *016*
超级神探·· *017*
翻车·· *019*
花开的声音·· *021*

 第二辑　天路上的幸福

神探奇遇·· *026*
扇王·· *028*
雪山女兵·· *031*
老公有喜·· *034*
寻找双枪老太婆·· *036*
天路上的幸福·· *040*

相亲的小羊……………………………………………… 043
奇亮的路灯……………………………………………… 046

第三辑　爱上弹弓的麻雀

超级广告………………………………………………… 050
阎王治病………………………………………………… 052
爱上弹弓的麻雀………………………………………… 055
幸福的兔叔……………………………………………… 059
到底谁是狗……………………………………………… 062
阎总招贤………………………………………………… 063
飘香车厢的梅花………………………………………… 066

第四辑　小黑驴的考题

阿根接客………………………………………………… 070
香香……………………………………………………… 073
小城大事………………………………………………… 077
小黑驴的考题…………………………………………… 080
小牛攻关………………………………………………… 083
奇异的掌声……………………………………………… 085

瞎爷……………………………………………… 087
还是草根好…………………………………… 090
神奇的小蜗牛………………………………… 094

 第五辑　天下无匪

喊魂…………………………………………… 100
出其不意……………………………………… 103
天下无匪……………………………………… 106
跟着彩霞去私奔……………………………… 110
开道…………………………………………… 113
哪儿有桃花…………………………………… 114
神奇的诱饵…………………………………… 116
巧运钞票的红拖鞋…………………………… 119
铁证…………………………………………… 121

 第六辑　富人离穷人有多远

风声…………………………………………… 126
永远的彩虹…………………………………… 129
神弹…………………………………………… 130
富人离穷人有多远…………………………… 132

天网……………………………………………… *136*

用心良苦…………………………………………… *139*

复活………………………………………………… *141*

盼盼的秘密………………………………………… *144*

第一辑

花开的声音

红　船

那天清晨，随着一阵吹奏口琴的声音，一抹灿烂的阳光透过窗帘边沿的缝隙，轻柔地铺洒在洁白的被子上。

睁开沉重的眼帘，她终于看到，不知在什么时候，从窗口缝隙飞进了一只用玫瑰红纸折成的小飞船，静静地停泊在盖在身上的被子上面。

由于特别刺眼，她从被子里伸出手，拿起红船，仔细端看，薄薄的纸翼上，有用签字笔写着一行流利而隽秀的小字："驾着生命的航船驰过你的窗口，这是我莫大的幸福！"

见她苏醒，那位抢救她的主治大夫又惊又喜，马上前来安慰她，说再有什么天大的事想不开，都要爱惜自己的生命，要勇敢地面对生活的挫折，不要随便言弃，只要活着，一切都会变得美好。

是不是专写给自己的呢？

盯着红船，她心不在焉，对大夫的安慰鼓励没有在意，只是想着红船的主人，他一定是思念恋人时有感而发，后来觉得有些牵强，她打算揉成一团，扔进垃圾篓中，却又于心不忍，觉得不要揉碎红船主人的梦想。

红船主人的恋人是谁呢？

恋人又为何不来守护他？

再望一眼那只红船，她才对前来安慰自己的大夫说："谢谢大夫，你们忙去吧,我一定要好好地活下去!"

拿起红船,她放到嘴边,亲吻两下之后,侧起身子拉开窗帘,便将那只握着红船的手伸出去,放飞出自己的窗口。

第二天早上,她一睁眼,而又看到同样一只的红纸船,并与前次一样,轻轻地停泊在自己的床上,她又惊又喜。

亲吻之后,她淡淡一笑,又随之将它放飞出自己的房间,随着一阵风,飞向另一道病房的窗口,相信一定能够飞到另一位患者床头或被子上,带去自己的问候和欢乐,希望他们早日康复,走上工作岗位。

两月时光一晃而过,每天清早,她一醒来,就看见一只停泊在被子上或枕边的红船,身体日渐康复。

因为伤势较重,有两月不能下地行走,她一直希望能够看到,这只美丽的红船到底来自哪一道窗口。

那天中午,她第一次起身下床,第一件要做的事就是来到窗前,沿着红船飞来的方向遥望,她最后将目光定格在对面七楼那一道打开的窗口,看见一位二十来岁的男孩倚窗吹着口琴,眼望着自己打开的窗口。

看见是她,男孩停止了吹口琴,马上举起一束鲜花,向她挥舞致意。

出院这天,她起得很早,一直伫立在窗前,静静地等待,等待那只飞向自己的红船,她从清晨一直等到中午,还是不见红船飞来,不见那位男孩吹奏歌曲。

时间过了中午,护士小姐来到,称她恢复得真快,完全可以办理出院手续了。

她问护士小姐,对面七楼那位爱吹口琴的男孩是不是出院了?

叹息一声后,护士小姐告诉她说,他是一位白血病患者,住院半年时间了,昨天晚上,他抱着那束鲜花,带着那只心爱的口琴,安详地离开了我们。

听说男孩去世,平静地走完年轻的一生,她的眼里倏地涌起一阵泪花。

离开病房时,她一直凝望着那道飞来红船的窗口,现在紧紧地关闭着,她多么希望那道窗口马上打开,看见一只红船向自己飞来,静静地停泊在面前,她希望看见那位男孩吹着口琴,奏响那首生命的歌,让它永远地萦绕在自己的耳畔。

兄 弟

阿文是我高中的同学,每次考试,成绩都是在班上前几名,并任班上的语文科代表,个儿清瘦,上衣十分破旧,特别是裤子,补丁摞补丁。每到一破了,他就自个儿用针线缝补,不过洗得十分干净,天蓝色的布料都洗得发白。

那些年间,要说一位农家子女能够念上高中,就算是幸运的,一般都是上完小学,家境稍好一点儿,就上一个初中,再说升学全是凭成绩分数说话。我上的初中班,教我们的老师是大学文凭,责任心强,送走我们一班同学,他就调进中学,却全班上高中录取线的还不超过五名,而最后念的只有三名。

高二那年,时间是一个星期六的下午,第二节课,上课铃声一响,教室四周静悄悄地,语文老师安排我们做习题,我们立即安静下来,拿出笔来,打开练习册。

"阿文!阿文!"我一扭头,就看见一张黑脸趴在窗口上,叫我们的

语文科代表,仔细一看,才认出是语文科代表的弟弟阿武。

阿文与我同住一宿舍,学习十分用功,下了晚自习,还在铺上用被子捂着,打着电筒温习功课。只听阿文同村的女同学阿红说过,阿文父亲过去是一位老煤矿工人,患了煤肺病,已经不能干活,母亲也是身体不好。

叫他的弟弟阿武,原来也在我们同一中学上高一,不知是何原因,后来退学了,再来学校,是为阿文送吃的和零用钱,让他的哥哥星期天不回家,多些时候学习。

知是叫自己,阿文望了一眼语文老师,语文老师点头同意,他放下笔,合上书本,离开座位出门去,想到他们是两兄弟,还能有什么事呢,大家也没在意,就自个做自己的习题。

可是,阿文出去不一会儿,两兄弟却意外在教室外面大打出手,一见是真在打,语文老师马上跑出教室,我们也搁了笔,来到室外,只见地上放着一袋红薯,还有一瓶用油炸的咸菜,好几张"大团结"飞得四处都是,瓶子倒在地上,幸好还没打烂。

阿文尽管是哥哥,而个儿偏瘦,还没几个回合,就被阿武一双粗壮的手扭着两只胳膊不放。

"你听不听?你不听,我打死你!"说的同时,阿武还真朝阿文的屁股踹了两脚。

尽管双手被弟弟控制,趁弟弟踹他之机,他挣出一只手来,一把抱着弟弟的脖子:"你以为你的力气大,我就怕你,叫你不要去就不要去,我比你大,我的事不要你管,我的事不要你管!"

"叫你别说,你就别说,你再说,我就踹死你!"阿武又踹了两脚阿文。

我们的老师也知道他们是亲兄弟:"你两个打什么打?赶快放手!"

没过多时,学校的保卫人员来到,以为真在打群架,配合语文老师,才把兄弟俩拉开,并准备把阿武带到保卫处。

阿文慌了,大滴大滴的眼泪落了下来,就与语文老师说情,让阿武离开回家就是,他不是来捣乱的,想把所有的话说出来,哽咽了好一会儿,却一直说不出,捡起地上的"大团结",拧起那一袋红薯,抱着那瓶油炸咸菜,放进教室。

至此,我们一起注意到,阿武的身上衣服尽管洗过,但仍明显地带着当地煤工特有的煤黑,特别是他先前那双圆大的眼睛上,留着两道黑圈,另加额角那块浸满污黑的伤疤,就知道他做的是什么工。

阿文对老师说了两句话,我和别的同学没有听见,他拉起阿武走向学校的大门,语文老师叫我们回教室,声音近乎嘶哑,眼圈红了起来。

第二年毕业,阿文考上省财经学院,两年一学完,毕业就分到市港务局工作。他上学的费用,全由弟弟阿武挖煤挣来供他。那次兄弟打架,就是阿文看到阿武挖煤负了伤,想不念书了,才遭到阿武的踢打。

那次,我到市农资公司去办事,在长江大桥上,我与阿文相遇,老远就打招呼。

我一上前就问:"阿文,结婚没有啊?"

"没有,我刚参加工作,没人看得上。我一个月就一百五十块工资,如果真是谈得来,就先谈着,至少还要过三年才结,结那早干吗呢?"

顿时,我又想起那年他与阿武打架的事,并一直想揭开当年阿文与阿武打架之谜,而又觉不妥,毕究只是亲兄亲弟,打几拳踢几脚,也算正常。

当我一问起他的弟弟阿武,他高兴地说:"阿武今年考上师大了!"

三年之后,我又遇上同学阿帆。他是汽车司机,老家与阿文是一个村,来我们乡运煤到火电厂。

我一问起阿文,阿帆就说,阿文毕业参加工作,不抽烟不喝酒,一月结余的工资,全都用来支持阿武上学,一直供阿武念完大学,阿武参加了工作后,阿文才开始谈对象,并与阿武同一年结婚成家。

第一辑 花开的声音

废墟下的一堂课

随着一阵震耳欲聋巨响,强强的身子轻飘飘的,立即陷入一片尘埃滚滚的世界。

不知过了多长时间,他才苏醒过来,睁眼一望,四周一团漆黑,一想坏事了,刚才还在上课,是不是断电了?要不眼前怎么夜一般的黑,沉梦一般的寂静?至此,强强才感觉到自己还活着。同学的喧闹又到哪儿去了,还没到下课时间呀?

李老师呢?怎么听不见她讲课的声音?

同学们呢?明明哪儿去了,这家伙一下课,就来找自己玩,今天他咋个还没来?还有秀秀、小芳、小宝……

他们到哪儿去了?

伸手一摸,课桌呢,课桌到哪儿去了?还好,他摸一把书包,书包还在身子下面压着,在外打工的老爸买给自己玩的小手电筒还在,这一下该派上用场了。

是啊,昨天李老师讲,这一班这一学期就毕业,还有两个月就要参加升学考试,自己一定要考好,以后自己就不是小学生了,是叫中学生。

你瞧,秀秀的哥哥,他一进中学,就不把咱这一小学生放在眼里,瞧他那样儿,还说自己是中学生了,不能像在小学一样贪玩,以后要考大学。

摸出电筒,他打亮一照,宽敞的教室不见了,头顶横跨着几块预制板，课桌砸断了，自己刚好掀挤到一角落，没让预制板压着，只是屁股有一点儿疼，被砸断桌凳戳破了裤子，伤了一点儿皮肉。

大喊一声李老师，没有回音，他又叫一声明明，回答他的，仍是一片沉重的寂静……

顿时，他直感到背心一阵冰凉，一群黑色的幽灵向自己逼来。他打亮手电，拿出语本课本翻看，尽量不向身边的断壁乱砖观望。

说来真灵，他一看起书来，那一群黑色的幽灵马上不见了，好像害怕书本似的，再也不来打扰。

看一阵书，他累了，想偷一会儿懒，刚一合上眼，而那一群黑色的幽灵又向自己逼来，张牙舞爪，可怕极了。

打一个寒战，他惊醒过来，只好又掏出数学练习册，摸出圆珠笔，趴下身子，左手举着打开手电照亮，做完一页又一页，做完数学又做语文，就是不能让自己睡着，不能让那黑色的幽灵靠近自己。

五十小时后，强强终于听到一阵咚咚地敲砸声传来，由上而下，由远及近……

神奇的情敌

吵架之后，夫人克拉说要到巴黎游玩，伊曼并不在意："你要走就走吧，大不了我找一位情人来过就是！"

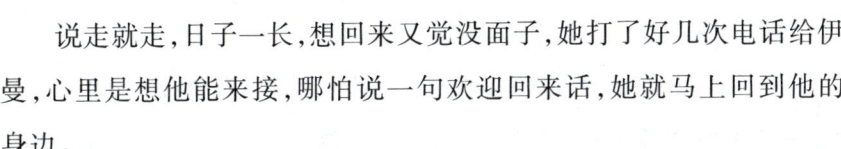

说走就走,日子一长,想回来又觉没面子,她打了好几次电话给伊曼,心里是想他能来接,哪怕说一句欢迎回来话,她就马上回到他的身边。

每次打电话,她就只听到伊曼说:"你想什么时候回就什么时候回,不知道我在忙吗?"

不等她说上两句,伊曼就挂了电话,不理不睬。

过了两月,克拉放心不下,就雇请一家私人侦探,经过一周的跟踪调查,发现伊曼身边现在真有一位叫琼丝的女孩,长期与他朝夕共处,并且她的长相,竟与克拉少女时代长得一模一样。

一见情敌出现,克拉后悔一时感情用事,千不该万不该与他大吵大闹,现在屁股一挪,就让别的女人钻了空子,出现在老公的身边。

气恼之余,一想伊曼毕竟是自己的法定的老公,还没有离婚,她却不恨感情不专的老公,而痛恨那位自己的情敌,又开始恨自己。

情人节前夕,克拉每一想起琼丝,心里就突突直跳:"真是岂有此理,你竟敢来抢我的老公,看老娘咋来收拾你!"

"你也来得太快了吧,老娘还没离,你就跟上来了!"她气得直咬牙,而又觉得莫名其妙:"天下哪有这等巧妙的事情,她咋与自己过去长得一模一样?"

那天傍晚,伊曼教授抱着一束鲜花,与前些日子一样,来到住宿的房门前,轻轻地揿一下那粒红色的按钮。

门吱地打开,伊曼面前立即出现一位风姿绰约的妙龄少女,个儿足有一米八高,二十多岁,穿得十分性感,她那蓝色的眸子,象一对晶莹的宝石异常闪亮,亭亭地伫立教授的面前。

举着鲜花,他到女孩面前,琼丝高兴地接过,马上插在玻璃桌上的陶瓷瓶中,回头与伊曼拥抱。

"亲爱的伊曼,你一定很累,快坐下说话吧!"她对教授说。

接着,他在沙发上坐下来,她也倚他而坐。

喝一口可乐后,伊曼对琼丝说:"亲爱的琼丝,有你在,我再也不独孤,再忙再累也要来看你!谢谢你陪我,在这个美好的夜晚,让我们的情人节过得更加开心,更有意义!"

"亲爱的,你一天工作量那么大,一定很饿吧?"琼丝抬起头来,那对蓝蓝的眸子一动不动,凝望着心爱的伊曼:"我去给你端饭菜,慢慢吃,我陪着你,一定要多吃一点儿,太饿了对身体不好!"

说完之后,琼丝起身走向厨房:"我马上就回来,等你吃饭之后,我们就跳舞,过一个美好愉快的节日!"

"谢谢,我是饿慌了。你可要慢点儿,千万不要摔倒了!"伊曼脉脉含情地望着离去的琼丝背影,脸上的皱纹舒展开来,好像年轻了十岁。

走进橱房后,琼丝又探出头来对伊曼说:"放心吧,亲爱的,我会小心的,一定不会摔倒。"

不一会儿,琼丝就为他端着饭菜来到,是两盘正宗的西餐。

围上餐巾,伊曼又对琼丝说声谢谢后,拿起餐刀,正要切吃牛排,门铃响起,琼丝起身去开门。

门刚刚打开,克拉虎着脸气冲冲地跨进来,圆睁大眼,一见面前的琼丝,顿时妒火中烧,恨不得剥下她的皮来。

不由分说,她挥手就对琼丝左右开弓:"你这个女人真不要脸,胆敢来抢我的老公!"

见是夫人抽打琼丝耳光,他想制止,可是已经来不及了。克拉甩着双手,哎哟哎哟地叫唤,神情十分痛苦。

可是,琼丝仍和颜悦色,不慌不忙地向前一步,毕恭毕敬地向克拉一鞠躬:"夫人你好!你的手痛吗?"

"看你脸皮如此厚硬,老娘与你拼了!"气得浑身发抖,克拉冲进厨房,抄起菜刀,一把揪着琼丝的衣襟。

花开的声音

见她要与琼丝拼命,伊曼赶紧上前,向夫人一鞠躬:"亲爱的夫人,琼丝就是我的新欢情人。你走这大半年时间,是她一直照顾我的生活!"

"你的情人?我前脚一走,你就包养情人?"克拉挥起菜刀就要砍。

挺起身子,伊曼护在琼丝面前:"你要砍她,那你就先砍死我得了,她可是我一年来的心血!"

"什么?她是你一年的心血?"转过身子,克拉又仔细地将琼丝打量,突地睁圆了双眼,好像明白了什么,觉得又惊又奇。

再端详一阵后,克拉惭愧地来到伊曼面前,凝视着老公的脸,还说自己真是糊涂、愚蠢至极,原来琼丝是一机器人。

而后,她象过去一样,双手揪住伊曼的耳朵不放:"你这家伙,你这家伙……"

捧起夫人的右手,伊曼爱抚地说:"疼了是吧?谁叫你醋劲儿那么大?你们女人啊,为啥就不能容忍自己老公有一位机器人情人?你又不想想,我有了琼丝,才不会孤独,就不用再去找别的女人,你应谢她才是!"

点了点头,克拉又到琼丝面前,友好地捧起她那光洁的脸蛋吻着:"亲爱的琼丝,是我误解了你,我不应该忌妒你,我这来谢你了,谢你照顾我的伊曼!"

"谢谢夫人谅解,是教授赋予了我的生命,照顾他应是琼丝应尽的义务!"嫣然一笑,琼丝对克拉说。

生命的花朵

　　太阳爬上山顶,女孩找到一块看似平坦的地上,用小手将燃放的炮花扒开,将手里的黄丝巾放下,打开小书包,拿出两大袋糖果,五打铅笔,还有十多本习字本,依次摆开,铺满了一地。

　　女孩不到七岁,穿着一套粉红的连衣裙,胸前别着一朵白花,看上去还没有正式入学。

　　望着坍塌的楼房,女孩弯腰鞠躬三次,又把几本完成的作业放在断裂的水泥板上:"李老师,我来了,腿治好了,可以走路了,每天是自己上学。我以后每年都要来这儿看你,带来我的作业给你批改!"

　　又拿出两只塑胶袋,女孩用白细的小牙咬破封口胶,倒出红黄绿三色纸包装的糖果,捧上一捧,爬上几块倾斜的断壁,一颗一颗地放上摆好。

　　揉揉眼眶,女孩那微翘的小嘴翕开,轻声念着一连串的名字:"林子、三珠、明明、秀秀……你们快来吧,我给你们带糖来了,还有铅笔,本子。听婆婆讲,你们现在那儿没有铅笔,没有本子……"

　　没过多时,一位六十多岁的老奶奶蹒跚而至:"你跑得真快,不想管婆婆了?是这儿吗,你没有记错吧?"

　　抿抿小嘴,女孩指着面前的残垣断壁:"我一直都记着,就是这儿。"

老奶奶蹒跚上前,跟着小孙女,为她的老师和伙伴备下的黄丝巾,一条一条地插上。

阳光宛若密集的雨水,轻柔地浇洒在废墟上,伴着从远处飘来的思念曲,随着干燥的热风,把亿万同胞的哀思,播撒在广袤的天宇。

望着飘拂的黄丝巾,女孩紧紧倚在婆婆的怀里,闪烁晶莹的泪眼,像两眼清澈的甘泉,静静地流淌,滋润着这片铺满生命的土地。

神圣的炊烟

抬起沉重的眼帘,他努力一望,只见一片白茫,还以为自己仍身在冰雪的世界,直到看清,那不是寒切刺骨的冰雪,而是那洁白的毡房布顶,一挪身子暖暖的,他慢慢地移动目光,终于看到卓玛那张兴奋的笑脸。

一看到卓玛,他又仿佛回到三天前,就像看到那一抹洁白的炊烟,浑身充满了力量,感受自己生命的存在,要勇敢活下去。她那婀娜的风姿,宛若雪域高原升腾起的袅娜炊烟,用她火一般的热情,唤醒生命回归雪域,迈进边关。

见他醒来,卓玛那烙着两团格外打眼的高原红的脸庞,立即露出灿烂的喜悦,宛若一朵吐着芳香的格桑花。

双手捂着胸口,她长长舒一口气:"扎西德勒金珠玛米,扎西德勒金珠玛米……"

"弓卡姆桑,托切其,托切其!"挺挺身子,他吃力地回答面前的卓玛。

这时,他想起身来,卓玛上前,又扶着他躺下,叫他安心养伤。阿妈端进来一碗驱寒健骨的中药汤,卓玛拿起一柄铜勺,一勺一勺喂着他喝下,还一边安慰,不要着急,你的战友一看到咱的炊烟,就一定会找到这儿来。

中午的时候,卓玛告诉他,他的伤的确很重,腰部大面积擦伤,左腿骨折,还有几处冻伤,只是好好地调养,还是没有大碍的。

直此,他才发现,不知是什么时候,卓玛和阿妈给他的腰间敷上了活血散,左腿绑着接骨用的夹子,右腿上贴着伤骨膏,多次帮他擦洗身子。自己竟全然不知,后来连上茅厕都是由卓玛背扶。

开始想战友了,他想打一个电话给排长,而手机曾放在驾驶台上,雪团像山一样砸在车上,车门一下子被砸开将他掀了出来,求生的欲望迫使自己与冰雪抗争,离开危险地段,要不就与自己驾驶的爱车一样,早被砸将下来的雪团掩埋,冻成一团大冰。

那天,他发现自己还活着,腿不能站立行走,就以手当脚,望着远远的一抹炊烟,一尺一尺地爬行,整整爬了两个小时,最后体力不支,晕倒在雪地上。是卓玛发现他,骑着一匹大马奔来,将他驮进毡房,要不早冻死在冰天雪地里了。

第二天上午,正如卓玛说的一样,排长和通讯员循着炊烟找来,他已在卓玛温暖的炕头躺了三天,排长没有批评他,只是通讯员一个劲地责备,说是连长下的命令,若是再找不到你一班长,马上就向营长打报告,追认他为烈士,处分排长复员。

听通讯员一说,他哭笑不得:"要不是她们母女相救,我只能接受一名烈士的荣誉了,不过我不想现在就光荣,我还想在川藏线多干几年,随时看到卓玛和阿妈,看到她们母女平静地生活着!"

淌着热泪,他问排长:"我的车和车上的物资损坏情况如何?还有那名新战士,他有没有受伤?"

"我就是接到他的电话,并马上报告连长,雪一清除,车也拉到了兵站,汽车和物资的损坏都不大。你就安心养伤,团首长也表了态,说只要你还活着,这比什么都重要,还要给你记一次功。"拍拍他的肩膀,排长安慰着他。

顿时,他心里一热,仿佛有一股暖流涌上心坎儿,他想起卓玛和阿妈,是她们将自己驮回来,卓玛骑着那匹雄壮的高原大马,连夜赶到羊八井,请来那名老藏医,与他接上腿骨,还买了好些中草药,马上用铜壶烧熬。三天多来,她们母女给自己敷药疗伤,生活上细心照料。

拭着模糊的双眼,他的泪水好像融化的冰雪一样,滚淌下巍峨的雪山,他深情地望着面前的卓玛和阿妈,激动地半天说不出话来。

临走之时,卓玛将一条洁白的哈达双手捧放到他的面前,叫他伤愈归队路过的时候,来她家作客,还说自己一定套一只野山羊等着他,烤给他吃,让他的身体更加健壮,抵御雪山上的高寒。

阿妈微笑着,颤巍巍地点燃房前一堆柴火。熊熊的火苗蹿起来,一抹洁白的炊烟袅娜地升起,宛若一条长长的哈达,飘绕到壮阔的雪域上空,那洁白、袅娜的倩影,徐徐变成了美丽的卓玛和阿妈,是她们燃烧的生命,赋予雪山高原火一般的情怀,温暖着咱们英勇的高原子弟兵。

三月过后,他重返川藏线,驾着一辆新卡车驰过那座洁白的毡房,看到袅袅腾起的炊烟,他就仿佛看到了卓玛那圣洁美丽的身影,想起叨着扎西德勒金珠玛米的阿妈,那是老人在为我们子弟兵祈祷,就一脚将车刹住,立即并紧右手的五指,庄严地举上眉宇。

活　着

那天,我接到阿敏的电话,她说想买一台笔记本电脑,要我支持她一千五百块钱,我答应一定支持,只是要让我的家人知道,说是晚上回电话给她。

一看显示,时间是五月十二日上午十时四十分,电话是在阿坝师范专科学校念书的妻侄女打来的,阿师地处汶川县的武威镇。对于每一个中国人来说,谁也不会忘记这一天。

下午三时,小女突然打来电话给我,问广东发生地震没有,说是家乡那边地震了。我一惊,说广东没有发生地震,叫女儿与妈妈一定注意安全,不要乱跑,一定听从当地政府的指挥。

晚上,我想打电话给阿敏,一连拨打四次,却怎么也打不通,我在网上一搜索,打开一网页,看过几行灾情介绍,脑子一嗡,心里一沉,默默无语,努力将之读完……

此后,历时整整十天,我每天要做的事,就是要拨打两次阿敏的手机,哪怕没有希望,我还是要拨打,把一位父辈的爱,通过声讯,发给灾区的亲人。

二十二日上午,我的电话打通了,只是没人接听,我的心一下快蹦了起来,我大声喊着阿敏,相信她会像灾区众多儿女一样,一定会挺过这一

劫难,一定会活着出来。

二十五日中午,我终于接到一个熟悉的电话,她一连叫我几声爸,我却回答不出,直到她叫了五六声,我才叫一声阿敏,后来就再也说不出话来。

足足十二分钟,我一直将手机放在耳边,一直听着阿敏的呼喊,脸颊的泪珠簌簌地落在地面,身上的血液像浩荡的长江水一样,放纵地奔腾。

超级神探

天色一片沉黑,冰凉的秋雨淅淅沥沥地下着,他伏在阳台外一黑角落里,一动不动,屏气注视着一条林中的大路,只是那帮十恶不赦的家伙还迟迟未到。

但是,他完全相信,这些坏家伙一定得来,等他们一进入伏击圈儿,他就轻发机关,一举将之捕获。

不一会儿,那些家伙果然来了,走在最前的是一个黑老大,煞白的圆脸,一班爪牙手里抄着机关枪,张牙舞爪,见人就突,就像小鬼子进了村,这儿一刀,那儿一枪,极其凶残恶毒。

来吧,一米,五十公分,三十公分,十公分……

目标一到面前,嗖——,他一挥巨臂,机关突出长长的白链,立即将这帮穷凶极恶的家伙密缚紧绑,与过去一样,来两个抓一双,来十个捕五对,干净彻底,无一漏网。

可是,还未打扫完战场,他又接到黑脸长官下达的光荣任务。

一深入匪穴,他就当上了一位大毒枭的贴身保镖,日夜出现在这一大毒枭左右,时时跟着大毒枭和一些小头目密谋,对大毒枭的行踪知道得一清二楚。

一天,他获得了大毒枭要与一帮家伙进行毒品交易的情报,他立即沿着来时架设的秘密通道,把这条十分重要的情报送到黑脸长官的手里。

马上抓,绝不能让一个跑掉!黑脸长官一声令下,让他带着一班战友一声不响地布下了一道道天罗地网。

深夜,月黑风高,他与战友悄悄地埋伏在一道神不知鬼不觉的角落里,巧布机关,张网等待着这帮毒魔的到来。

过了两分钟,他们就看到大毒枭带着大小爪牙来到,个个抱着冲锋枪,不可一世,一到就是一阵乱扫乱突,吓得一群正在大楼里玩耍的孩童大哭大叫,直喊爹妈快来保驾。

接着,他们又看到有一队毒贩子鬼鬼祟祟地从黑暗里钻了进来,亦步亦趋,看看有无可疑之处,生怕中了埋伏,缩头探脑地来到大毒枭面前。

一看这些家伙马上进行毒品交易,他心里十分焦急,两眼死死地盯着那位大毒枭,扣着手中的机关。

收网!黑脸长官一声令下。他轻发机关,与四名战友一道奋勇出击,铺天盖地地将一张巨网抛向这一帮穷凶极恶的家伙,无一落网。

不到十分钟,他和他的战友就圆满地完成了战斗任务,包括大毒枭在内,大大小小毒贩无一溜号,他们兴奋地把这帮家伙绑起,赶到一群听故事的孩童面前,马上接受那位讲故事老人授予他们的特别勋章。

花开的声音

第一辑 花开的声音

翻　车

一看丰田驶上了主干道，朱子生就破着嗓门儿嚷叫起来："老王，你咋开得这么慢？要不你停下来，让老子来开！"

"老板，我的速度现在到了一百，再快就怕翻车，你不怕，我怕……"望一眼乡长大人，司机老王不想再说什么，专心地开自己的车。

哼了一声后，朱子生又道："哪儿这么废话，还怕翻车不成？县里张书记今早来电话，要我一定在下午两点钟前赶到，说市里刘市长亲自做报告，谁迟到就处分谁！"

说时，这辆崭新的丰田就像一匹脱缰的野马飞快地驶向县城，朱子生坐在老王身旁的座位上，肥胖的身子一颠一颠的，不一会儿就昏昏欲睡。

望了一眼朱乡长，老王知道他没有睡着，边开车边说："对啦，老大，我最近听到了一些风声，大多就是为前不久那一档款子的事儿。据说有人捅到市里去了，会不会让我们翻车呀？"

"你开好你的车，当芝麻豆点儿的事儿，放心，拗不翻车！再说，县里马副书记、吴副县长，都占份儿，有他们顶着，咱小麻鱼儿怕个球？"眯着双眼，朱子生不以为然："你操个啥子心，开好车就是了，越快越好！"

接着，老王又说："老大，我看情况十分不妙，你我会不会来一个自投落网。你没听说？就上一个月,咱县的马局长不也是到市里开会吗,而他一到市里就没有回来,听说是进去了……"

正在这时,朱乡长的手机响了,一看是县委张书记的手机号:"朱子生吗？你现在到了哪儿？"

顿时,这位朱乡长马上就来了精神:"谢谢张书记,我才到马家沟！"

"什么,你们才到马家沟？"张书记还十分吃惊,而后又说:"那好,你若不能按时赶到,就干脆不要参加了,我就叫曾万友代你参加,回来再向你传达！"

一听到张书记不高兴,朱乡长又催促老王:"你是怎么开的车？你给老子快点开,快点儿,再快点儿！"

而后,他又神采飞扬地对张书记说:"张书记呀,我已过三道湾,最多只要一小时就到。请老书记放心,我一定按时赶到,绝不缺席！"

可是,一看还没走到一半路程,朱子生啪地关上手机吼道:"老王,你把车停下来,让老子来开！"

"好吧,你来开吧！"叹一声后,老王就一脚把车刹住让乡长大人开。

但没想到,他还没开出半里路,眼看要过马家河,时速到了一百码,他左手把方向,右手来摸刹车准备减速转向,一摸上挡杆儿,他以为是手制动,使劲一扳,车头一摆,丰田就像一匹脱缰的野马,轰轰隆隆地冲下河去。

一看丰田冲出路面,朱子生一声惊叫,因为速度太快,他又哪敢跳车。

还好,河里只有水和泥沙,丰田开下去后没有撞上石头,只是碰挤扁了车头,朱子生碰破了额头,老王摔伤了胳膊。

老王把朱子生从变形的驾驶室一把拽出来,朱子生的手机又响了起来:"朱子生,你小子现在到了哪儿？"

"张书记,我翻车了,车被我开到了河里去了！"摸了一把碰摔得紫青的额头,他哭丧着脸道。

这时,手机里面张书记的声音更大:"什么?你把车开到河里去了?人伤着没有?还能走吗?但是,我可不管你是死是活,今天,你就是爬也要给我爬到县委来!"

一听张书记的话,朱子生心里凉了半截:"张书记,我真的翻车了!早不翻迟不翻,而端端在这节骨眼上翻了,我怕是真的赶不到了!"

耳边,张书记严厉对他说:"朱子生,你知道自己翻了车是吗?那你就给我听好,只要能走,你就给我先到纪委,先把问题讲清楚,争取宽大。你的腿要是真摔断了不能走,那我就打电话叫公安局来一辆车来接你!"

"谢谢张书记,我的腿还能走,我就先到纪委,再到公安局……"一听张书记要派公安局来车接,朱子生边爬边蹿上岸来。

花开的声音

秋天的傍晚,他每一次在市聋哑学校门前遇见她,她正用手语与一位法国小姑娘交谈,她的音容笑貌,就像美丽的木棉花儿一样,悄悄地开放在他的心上。

初看上去,她像一位聋哑女孩。她是那么文静、热情。

从早到晚,他就躲在车里,远远地望着她那美丽的身影,一直看到她送走了小朋友离开,他才悄悄地开车离去。

后来,他一下班,就偷偷地把车开到那所聋哑学校门前不远的地方停下,为的只是多看她一眼。

每次开车来到,他就看见她与不同肤色的小朋友交流,而从她灿烂的笑容里,看到她对小朋友是多么的热爱。

难道她真是一位聋哑女孩?

不久,他发现自己真的爱上了她了,便想方设法地接近她,而又一直找不到与她接近的办法而苦闷极了。

一天,他突起想起,妈咪的好友张姨是一位有名的哑语老师,他抽出周六周日,跑去向张姨请教,花了整整两个月时间前去学习。

前两个月,他的动作不是那么准确、熟练,有些生硬。但通过张姨一较正,他便渐渐地熟练起来。

那天傍晚,他将车停在聋哑学校的门前,鼓起勇气走上前去,用手语与她打招呼:"靓女你好!"

"你好!请问我有什么可以帮到你?"她微笑着,首先用手语回答。

接着,他用手语表示:"你的手语说得棒,人也长得美!"

"你也一样,人长得帅,手语说得也不错。"望着他那涨红的脸庞,她点了点头,望着他微笑着。

刚一说完,他们欢快的手语对话,立即赢得身边十多位聋哑小朋友一阵热烈的掌声。

那次相见后,她用手语告诉他,她叫阿洁,是市聋哑学校的老师。他也用手语向她表示,自己叫阿浩,在一所中学任教。

打那之后,每到放学之时,无论刮风下雨,他都开车去聋哑学校门前等待,待她下课后,挥手送走了小朋友,他就拉着她的手,她就随他去到中山公园,默默无声地用手语交谈,一直谈到夜色朦胧。

不到一月,他对手语的运用,一天比一天熟练起来。各自的动作和神情,深深烙在对方的心上。

花开的声音

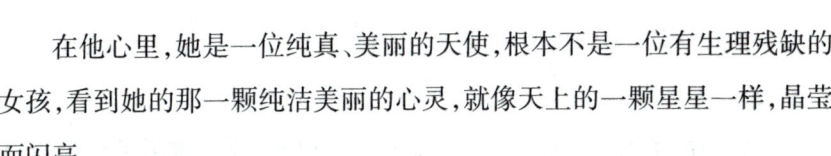

在他心里,她是一位纯真、美丽的天使,根本不是一位有生理残缺的女孩,看到她的那一颗纯洁美丽的心灵,就像天上的一颗星星一样,晶莹而闪亮。

那一段时光,他们两人在一片无声的语言世界里,让两颗火热的心,就像距离千万光年的两颗行星一样,迸擦出一道道绚丽的爱情火花。

那天,他将真实的想法告诉妈咪,却遭到老人的一再反对,说自己怎么也不答应儿子娶一位聋哑妹仔来当儿媳。

与此同时,她也向他表明,她爱他,想与他结为终身伴侣,也说自己的妈咪不同意,要慢慢地来做老人的思想工作。

情人节前夕,他们决定,再各自与妈咪谈谈,如果他们再反对,二人也要生活在一起,登记结为夫妻。

经过多次劝说,他终于说服了妈咪,不再持反对意见,还准备为儿子在元旦举办婚礼。

那天下午,他像往日一样,兴奋地将车停在聋哑学校门前,耐心地等待,他想上前,准备将妈咪同意与她结婚的喜讯告诉自己心上人,让她高兴高兴。

刚一停车,他突然看见一位英籍中年妇女焦急地来到,惊慌失措地跑进聋哑学校,不一会儿又拉着阿洁出来,四下寻找。

瞧那英籍女士的神色,十分焦急,十分后悔,忙不迭地跺着脚:"怎么办呢,他又走到哪儿去了?你看这孩子,又让我们咋个找去?都怪我一时大意,让他落在后面……"

"别急,他一定就在附近,我们一起找找!我相信他,万一真迷了路,肯定会沿着去的路找回来。"她十分焦急,那对明亮的眼睛四下张望。

天啊,他听到她的声音,是那么地清脆、响亮!

一听到心爱的人第一次说话,他觉得有些陌生,而仍是那么真切,那么激动人心,像一束美丽的木棉花,丝丝地绽放在自己的心上。

"阿洁,阿洁,你们快上车,我拉你们去找!"马上打火起步,他将车开过去,大声地向她招呼。

听见他的声音,她站在中年妇女身边,又惊又喜:"亲爱的!你也会说话啦!"

"我不是向你学的吗。"他打开车门:"你坐到前面来,好认孩子!"

一钻进驾驶室,她坐上他身边的座位,热辣辣地亲了一下他的脸颊:"快开,找到了玛丽,我带你去见我的妈咪!"

半小时后,他们在中山三路找到走失的玛丽,他又将英籍母子送回家,后载着阿洁又来到中山公园。

傍晚,他们手牵着手,相依来到中山公园,他们的爱情,就像那排挺拔的木棉一道,迎着煦暖的春风,吱吱地绽开红红的蓓蕾,脉脉地装扮这座美丽的小城。

花开的声音

第二辑

天路上的幸福

神探奇遇

七夕前一天,素有神探之称的我突然接到一个神秘电话。打电话的是一个女人,声音就好像从九天之外传来的,美妙而又神奇:"亲爱的神探先生,你们观音山近期一定不太平,据我所知,今晚一定有人要来观音山盗宝!"

"你可不要乱讲,你说咱观音山有啥宝贝可盗呀?"以为对方在搞恶作剧,我正准备马上搁电话,不想再理她。

可是,神秘女人还是不罢休:"神探先生,反正我是提醒过你了,信不信当然是由你,到时可别让你的上司扣了你的奖金。"

不想对方电话早断了线,我一搁话筒,就纳闷这到底是咋一回事儿,难道观音山还真藏有一些奇珍异宝?来观音山工作十好几年,我可从未听说过这儿藏有宝藏。如果没有宝藏,为何从古至今这一带就享有东海蓬莱之美誉呢?

于是,我马上吩咐下去,密切注视观音山的一砖一石,但又不知到底是何种异宝,那就从渠道着手,凡是盗窃、运输、销售珍贵物品者立即拘押,接受调查。

当天晚上,我把所有人员全都派了下去,把观音山在几大工业区查得里三层外三层,而一直第二天天明,别说是盗宝人,竟连小偷也没抓到

一个。

第二天中午,我又接到那个神秘电话。

"亲爱的神探先生,你为何不听我的话呢?我明告你说,你们的天马工业区昨晚就有老板丢失了东西,如果不信,你就仔细查查去!"打电话的还是那位神秘女子,信号不是很清晰,打电话的地方离咱观音山好像有十万八千里。

打了十几个电话后,我又询问了负责天马工业区的大刘和小马,他俩都说没有异常情况,我说一定要细致查寻,万万不可麻痹大意。

十分钟后,我便接到了分局小王打来的电话:"昨晚天马工业区神风电器厂失窃了,丢了七台电风扇。"

"我看你脑袋是不是进水了,这是什么狗屁案情?我们现在关注的是宝物,你知道啥是宝物?电风扇是宝物吗?"气不打那出,我一搁电话就走。

而气归气,但我还是驱车到神风电风扇厂的失窃现场,这毕竟是自己职责所在,事大事小,咱总得给厂家一个交代。

到神风电扇厂后,保安人员就对我说,丢失的七台风扇不是存放仓库的成品,而是存放在展厅的样品,而许多比电风扇值钱的东西都没丢。再说展厅白天有专职人看管,晚上又有保安人员值班看护。

根据展厅负责人员小林介绍,她下班前还把里里外外检查了一遍,第二天一早上班就发现了少了七件,而门窗一直都是关得严严实实的。我到后来再仔细查看几遍,没发现撬磨的痕迹。两名值夜班保安人员也证实,大家下班之后,他俩还亲自去展厅附近查看过,未发现有何异常。

下午六时许,我正在海边查船,一阵微风之后,我突然看到二十里的海面上出现了一座七彩纷扬的亭台,亭台中央,一群美轮美奂的女子在亭台上载歌载舞。一些当时正在附近捕鱼的渔民事后也说,他们也都看到了这道奇异的景观,听到了那一曲曲缥缈而美丽的乐曲,时间长达一个小时。

　　第二天一早,我又接到那神秘女士打来的电话:"亲爱的神探先生,请代我们姐妹向神风电器厂的老板致谢,我们姐妹现在就将昨晚上借用的七件宝物还上,就劳你带人马上到海边去收领一下。"

　　叫上神风电器厂的小林,我俩一到海边,果然看到七台神风牌电风扇整整齐齐地摆在海滩上,没有电源,没有海风,而它们却吱吱地飞转不停。

　　事后,我通过一段时日的走访,才听到当地的两位百岁老人说,每过一百年,南海的观音娘娘就要来东海避暑,召见下凡的七仙女,大家看到的奇异景观,就是七仙女迎接观音娘娘搞的歌舞晚会。

　　当一问起那七台风扇又是咋回事儿,一位老渔民就说:"这还用问?天这么热,当然是七仙女借去给观音娘娘扇凉,要不又是做啥呢?"

　　后来,我就一直希望那位神秘女人又打来电话,却又不知还要等多少年,我又才听到她那遥远而神奇的声音。

扇　　王

花开的声音

　　进入电扇厂上班以来,日子一晃就是二十五载,咱们三贵从一名技术员一直干到电扇厂生产厂长,不知不觉就成了这家电扇厂元老级人物,成了新的一代扇子王。

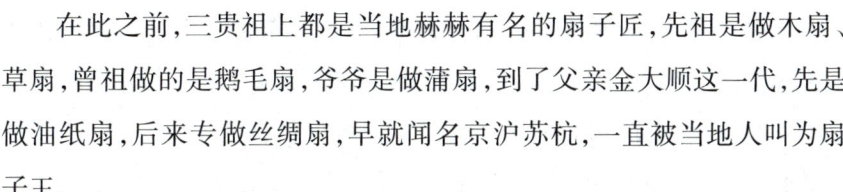

在此之前,三贵祖上都是当地赫赫有名的扇子匠,先祖是做木扇、草扇,曾祖做的是鹅毛扇,爷爷是做蒲扇,到了父亲金大顺这一代,先是做油纸扇,后来专做丝绸扇,早就闻名京沪苏杭,一直被当地人叫为扇子王。

来到三贵老家,你随时就能听到一些老人讲。三贵的先祖是吕洞宾的三弟子,专门教人做扇子取凉,驱蚊逐蝇,抵御疾病,因而三贵祖上做的扇子只是用来送人,从不收钱,据说这是他的祖上定下的规矩。

而不管咋说,咱们三贵能有称王的今天,而无不都与扇子有关,特别是他父亲金大顺那一双灵巧的手,好些人家连饭都吃不饱,要不他金大顺哪有钱供三贵上学呢,再就是咱三贵争气。

那年秋天,三贵中专毕业分配到县里新开办的电扇厂当技术员,一听说儿子进了电扇厂上班,三贵的父亲气得直吐血,说他这是砸自己扇子王的饭碗,一气之下,老人家就不认三贵这一不孝之子。

进电扇厂后,担任电扇厂技术员的三贵年轻又帅,是全厂上下唯一一位技术骨干,半年不到,不费吹灰之力就把厂花秀英追到了手,年底的时候,他就和秀英登记结了婚,还当上了主管生产的副厂长。

第二年夏天,三贵刚一接过厂长的大印,父亲大顺就去世了。

打这之后,当地人开始叫咱三贵为扇子王,他三贵也没觉得不好,算是接受了大家奉送的桂冠。

婚后前十年间,秀英就是像一只下蛋的母鸡前前后后一共给三贵生育了四个儿子一个女儿。只是女儿娟娟和小儿子长富都是超生,三贵当然是罚款没少给,礼也没少送,客没少请。

日子一天一天过去,一看到子女一天呈梯队式的一个一个地进入了县属重点高中念书,自大儿子考上省农大后,三贵两口儿就一直是笑在脸上,乐上心头,总觉得自己脸上有着无限的光彩。

自大孩进入高三时起,想到孩子要开夜车复习功课,矮低的职工大楼房里酷热难耐,三贵买回了第一台电风扇后,先后一共四次从厂里的销售部买回了四台电风扇放在孩子的房间里。

一分付出一分收获,前四个孩子一一考上了名牌大学,女儿娟娟考上的还是清华大学建筑工程系,现在在省属一所大学任教。

五年前的春天,三贵就到新县城里购置了一套商品房,一看到父亲没有打算装空调,想到父亲一月工资万儿八千,长富就说,父亲真是老土,都什么年代了,谁家还在用你那土得掉渣儿的电风扇。

仔细一想,小儿子说得没错,三贵就在小儿子住的新房里装上了一匹名牌空调。

可是后来,小儿子长富连考了三届竟连三本线都没上过,三贵就一直想不明白,这到底是咋一回事儿,问题到底出自哪儿。

不能如此下去了,三贵和秀英费了好大的劲儿才说服小儿子,并把装在小儿子房间的空调拆了,又从自己厂里拉回一台电风扇放在小儿子房间。

一年之后,三贵的小儿子长富果然上了二本线,老婆秀英乐不可支,三贵欣喜若狂,还说咱三贵设计的电风扇就是管用。

当一听说儿子上的大学正是自己当年上的中专学校,这所机电中专学校现在已升级为省属的重点工业大学,三贵却大为不悦,时不时地想起当年自己和孩子爷爷闹翻的事,他说自己退休的时候快到了。

小儿子上学这天,三贵把存着学杂费的联银卡交给小儿子后,一阵悲凉涌上了心坎儿,失魂落魄地站到一边不语。

老头子你这是咋啦,没生病吧,为啥如此不高兴?送走儿子后,秀英转身看到三贵木讷的神色就问。

没啥没啥,我只是有一点儿担心,咱长富以后会不会砸了老子扇子王的饭碗?想到当年一进电扇厂,孩子他爷爷为啥就不认咱三贵这一棵独苗儿,他掩藏不住心中的苍凉,强打笑脸,拉起老婆子就走。

花开的声音

雪 山 女 兵

初到格达拉兵站,杨宁不时摸出揣在衣袋中的小圆镜,偷偷地端瞧自己日渐红黑的脸蛋,心下直犯嘀咕,自己把这三五年熬出去,就不知以后男友咋认得出来,他还瞧得起这位黑脸兵片子吗?

一见她在偷照镜子,与她一道从大学应征入伍的同班同学柳红凑过来道:"再瞧也变黑了,这下没辙了,还是早作打光棍儿的打算吧!"

"上雪山之前,我就有了思想准备,他说不爱,我就另找一个。至于再找一个什么样儿的,干脆就找一个比我白净不到哪儿去的,一样算是郎才女貌,谁也不说你黑我白。"撇了撇嘴,她淡淡地笑了笑。

一天,她一瞧见自己变黑的脸蛋,一气之下,嘴一噜,便将小圆镜朝远处一扔,不想落入千年的积雪,想找回来,据说比登珠穆朗玛峰还难,后来再想看一眼自己,只好向柳红借,三五天过一回瘾。

过了一段时间,排长桑格卓玛看出她的心思,就托运输三连的二排长从成都捎回二十多个圆镜,一个战士发了一个。杨宁一直感谢自己排长,还有那一位运输连的二排长。她过好长一段时间又才知道,二排长与排长是一对情人,就在送她们圆镜后不久,二排长在一次运输途中牺牲了。

一天晚上,杨宁好奇地问排长:"排长,我向你请教一个天大的问题,谈恋爱藏语怎么讲？"

"就叫耍坝子呗，你是不要想找一个呷依？"揭开被子，排长抛出一句。

把手伸出被子，她又追问自己的排长："排长你说，耍什么来着，这就叫谈恋爱？呷依，又是什么玩意儿？"

"我的笨呱呱，呷依就是我们说的情人！"不知什么时候，柳红接过一句。

经她带头一闹腾，其他钻进被子的姐妹，睡意早就变成了雷达的波圈，飞绕得比珠穆朗玛峰还高，一个个哪还睡得着，你一语，我一言，安静的营房又热闹起来。

那年春节，杨宁早在大学谈的对象，走时还说一定来看她，早已音讯全无。

另外，杨宁的弟弟来信说，她谈的对象早已与县委书记的女儿好上了，春节前就结了婚，叫她不要伤心。

没有多想，她用手机给从前的男友发了一条祝福的短信，马上关了机。

过了半月，一位叫小兵的运输兵闯进了杨宁视野。这名新兵前一年才入伍，个儿清瘦，刚满十八岁，开着一辆装满军用物资的大解放。

初夏天气，雪山上还是风雪迷漫，杨宁与她一排战友仍穿着冬装，日夜坚守在监控室里。

那天，那位小兵一来就对她说："我一看你就是位老兵，要我帮你捎东西吗？需要的话，就给我打一声招呼。我下次出山，回来的时候，我定送一份礼物给你。"

"你送什么礼物给我？"她不在意问，还以为他是在调侃，压根儿就没当一回事，心想他是调皮捣蛋。

临走之时，这位小鬼头竟向她一挤眼："我现在不告诉你，保你喜欢！"

而哪又想到，一周之后，副排长刘燕交给她一件神秘的礼物，说是一位新兵蛋子请她转交大眼兵杨宁。杨宁与一班姐妹以为是什么好吃的，打开一看，竟是一条粉红色的连衣裙，又薄又柔，拿在手里不攥紧，风雪一吹，还不早卷飞到雪山的顶峰。

后来，一排姐妹一想这事，她们就笑得死去活来。在雪山上，让她又怎么穿呀？就是六月天，她们还得穿棉衣戴棉帽，送这么薄的裙子，不是成心闹着开心吗？本想撒手扔掉，她一想是战友送的礼物，不穿也要留下来。

两月之后，她正守着雷达监控仪，桑格排长来到她跟前，叫她把工作暂交刘燕负责，马上跟一辆车到昌都的团部，还说是去完成一项重要的紧急任务。

那天下午，她一出兵站，爬上了一辆过往的大车，在雪峰之间穿行一天一夜，一到昌都，马上赶往团部。

一进团部，她就听到张团长正在发火："我团怎么出了这么一名鸟兵？安排他去北京治疗，他不去？再说不去，我就处分他复员？管他是什么三代入藏，爷爷也好，老子也好，他们的后代只要是不服从军令，就得让他复员，由地方好好管教！"

随着一声报告，杨宁来到两位团首长的面前："三连一排二班战士杨宁前来报到，请首长指示！"

望了一眼杨宁，李政委就对团长说："她就是杨宁，我团两年前招进来的通信工程学院的高才生，两年兵龄，是我格达拉兵站的技术骨干。还有一位一道应征入伍的高才生叫柳红，同在格达拉兵站。"

点了点头后，张团长给她下达了命令："你今天的任务，就是去做刘小兵的思想工作，一定要他到北京治伤！你一完成任务，我马上向师部首长打报告，给你记三等功一次！"

"什么？让我去做他的思想工作？为什么呀？"听到张团长给自己

下达了任务,杨宁一时摸不着头脑。

　　看到她为难的样子,李政委又来向她解释:"是这么一回事,两天之前,我团的车队途中突遇雪崩,他为了救出战友,身负重伤,团长和我安排他到北京治疗,他死活不去,是怕一到北京的医院要截肢,怕不能再上川藏线,说是不见到你杨宁,他就是死,也要死在雪山上!"

　　听到首长讲明了任务,杨宁的眼前顿时闪耀着一团壮丽的火花,马上浮现出一张黑红、调皮的脸蛋。

　　接着,她向两位首长行了礼,马上转过身,怀揣着一颗突突跳动的心,迈向急救中心,跨入小兵的病房。

　　半年后一天中午,杨宁一听见一阵喇叭声响,马上与几位姐妹兵跑到兵站门口,望着那条长长的车队出神,杨宁还看见,有几位高原男兵跳下车来。

　　突然,她听见有人叫大眼兵,远远地,她看见那位调皮的小男兵挥舞着水壶,阔步向她们走来。

老 公 有 喜

　　上周,阿雪一见老公又在打电话,便说,老公,你有喜了。她那粉红的脸庞笑得像一朵美丽的芙蓉,真像自己家中落下一件大好事,人逢喜事精神爽嘛。

老公一听,马上竖起眉毛。去去去,别来打扰,你没看到我正在忙乎?

妹仔阿梅也问。你说我哥有喜,到底是什么喜?是他在路上走,捡到了一块黄金,还是他买了福利彩票,中了一个头等大奖?

于是,阿雪笑了笑。我就是不告诉你,我说你哥有喜,就一定会有,信不信由你,要想知道真相,就请静候佳音。

邻居慧一听,也琢磨起来。肯定是这小子马上要提级,准是当局长。真没想到,这小子还真有点儿能耐,瞧他老婆高兴劲儿,就是看到自己攀上一个端铁饭碗的,旱涝保收,有更好日子过了,这能不高兴吗?

家公一听说,立即赶来追问。说说,我的儿子有什么喜事?真有喜事,我给你们办几桌,请亲戚朋友聚一聚,费用我老爷子来一个大包干。

家婆直问自己儿子。说出来让娘听听,你是我生的,还有什么不能告诉的。说说,是不是真要提当局长了?要涨工资了?你爸不是早说了,真是大好事,我们老两口给你们请客,好好地贺一贺。

老公更懵。这到底又是什么大好事?我自个咋又不知道,她连我都瞒得死紧。

他追问阿雪。你今儿一定要说个明白,我到底有啥喜了?难道是说,你怀上了?如果是你怀上了,我们马上办喜宴,好好地庆贺庆贺。

她扑哧一笑。什么我怀上了?是你怀上了。那天晚上,我是做了一个梦,梦见你怀了一个白胖胖的儿子,马上就要生了,还有……

说着,她将藏在屁股后面的手伸了出来,握着一只白色信封。给,你资助的小姑娘,终于上了北京大学。她说以后给你我当女儿,都叫你爸爸了,这咋不是大喜事!

他一把抢过信封,从里抽出的一张照片来,只见一位边远山区的农家姑娘,幸福地站在北大校园的门前。

寻找双枪老太婆

深冬的夜晚,寒风萧萧。他头顶几颗冰冷的寒星,身子悬吊在一棵五丈多高的老松上面,没有水喝,没有饭吃,肚肠又饿得咕咕直叫,老望着透着几缕星光的老松发呆,同时又想了许多。

首先,他想到了死,如果晚上一下雪,自己肯定会冻死。倘若一连几天没人来救,自己也会饿死、渴死。

第二天中午,他就听到一阵嚷嚷,先是女孩的声音。大爷,你教我架的套子好像真套着猎物了,你看,好大哟,好像是一只野猪!

接着,他就听到一位老人说。我看不像是野猪,倒像似一只人熊。不好,秀芝你得站远一点儿,等我开枪打死后再去看!

而一听到这儿,他就想自己真的完了。自己落入了当地猎人捕获凶猛野兽的套子,要是他们不知自己是一个活鲜鲜的人,就是一阵乱枪,那咱还不成了虎豹豺狼的替死鬼,丧命在这对父女的枪下。而自己来华蓥山,就是要学得一身打虎杀狼的本领。

至此,求生的欲望迫使着他大声地叫喊救命。

随着咚一声响,他的身子又从树上重重地坠落在林地上,两眼一闭,自己是死是活只好听天由命了。

这时,这对父女一见坠落在地的是一位活生生的少年,就七手八脚

花开的声音

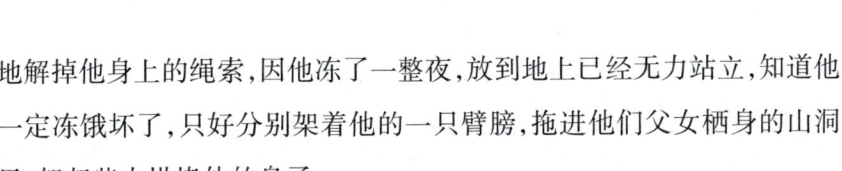

地解掉他身上的绳索,因他冻了一整夜,放到地上已经无力站立,知道他一定冻饿坏了,只好分别架着他的一只臂膀,拖进他们父女栖身的山洞里,架起柴火烘烤他的身子。

过了许久,他才睁开双眼,借着红红的火光,他才看到这口山洞足有两间房子那么宽大,石桌石凳石水缸,四壁挂满了烘干的野兔、山鸡、红辣椒,东西两壁还贴挂一张虎皮和一张豹皮。

可是,他住了两天,一摸身子没缺这少那就想走,而老猎人却一直端着一杆火铳守着洞口,让大女儿秀芝给他烧饭递水,说你想逃跑,我现在就打死你!

而自始至终,他根本就没搞明白,老猎人到底是为了啥,他还以为老人是想要他的钱,要他知恩图报。

还有,他说了一番又一番感激的话后,又摸出身上剩下的两块银元,叫了一声老人家,说你只要让我到华蓥山,我给你银元,你想啥就买啥!

而他的话还未说完,老猎人就一把把他的银子打落在地上,说你不与秀芝成亲,哪儿也别想去!

至此,他才明白老猎人的用意,就是想他留下来,马上与女儿秀芝成亲,为自己传宗接代。

等到明白老猎人的心思后,他又想法说服老人,说自己十分感谢老人对我的抬爱,以后一有时间,我就来看望你们。等过了三五年,我一定与秀芝成亲,到时给你养一大群小孙子。

但是,老猎人还是不答应,说你现在不和秀芝成婚,哪儿都别想去,更别说是去华蓥山,就是出山洞都不行!

后来有一天,他趁老猎人吃饭想逃,而还没跑出洞口,老猎人的火铳就响了,说再往前走一步就真打他了,他只好往回走。

之后,他才从秀芝嘴里得知,那些年月,华蓥山区兵匪祸患,特别是一些青壮年男子,大多都被杨森抓了壮丁,去和徐向前领导的川陕红军打仗,一仗打下来,死伤无数,十家就有九家无儿郎。

原来如此,他自一来到此地,就之所以很少看到一些青壮年男子。秀芝本有三个哥哥,两年前都被抓了壮丁,一直到现在都没音信,是死是活家人全然不知。

然而,为了续上一脉香火,老猎人一见这位后生长得有模有样,只好就像抓壮丁一样,迫使他当女婿。他理解老猎人的心情,自己不答应他不行,老猎人不让走,而自己要等到猴年马月才能上华蓥山。

一天晚上,秀芝问他为啥要来华蓥山,他才把那一幅皱巴巴的画像摸出来给她看,是希望她放自己走,去找画上的老太婆,说她是一位大英雄,专为天下的穷苦人打江山。

至此,秀芝又叹了一声道。我也是迫不得已,因为三个哥哥不知生死,老爹的苦衷只有自己知道,我也理解你的感受。我是妻是妾都无所谓,你只要帮咱怀上小孩,圆上老人家的心愿,夫唱妻随,你以后到哪儿我就跟到哪儿。

过完新年,秀芝还真怀上了孩子。那年,他才满十六岁,秀芝刚满十七岁,他们的大孩就在同年的冬天出世。

那天,秀芝一番千叮咛万嘱咐,叫他眼睛和耳朵都要机灵一点儿,下山后就一直往北走,千万不要让杨森的兵抓了壮丁。

回答一声记着后,他抚摸一阵秀芝圆腆的肚子,笑了笑说,要是以后自己又被人抓了壮丁当姑爷咋办?

此时,秀芝瞪了他一眼,一挥手就扭着他的右手。那你就说不行,你就说自己早就有了妻室儿女。如若不然,我一定会像你要找的老太太一样带枪来抢,大不了以命相拼,你别忘了,我的枪法也差不到哪儿去!

老猎人讲过,秀芝真会打枪,打飞禽走兽一枪一个准儿。就在他们成亲的第二天露过一手,一共开了两枪,打了一只山鸡和一只野兔。

后来,秀芝才告诉他,说自己早就听说过,他要找的人并没有画上画

得那么苍老,而比画上的女子要美丽百倍千倍。她还笑他真傻,说他如果真按这画像去找,就是再找五十年都找不到。

刚走几步,他又听到老猎人浑浊的声音。你这就走,那你等等!

至此,他又吓了一跳,以为老猎人又来阻止自己不让走,他转回身来,叫了一声爹,并双膝跪在老人的面前。

这时,老猎人踱到他面前,从怀里的内衣袋中摸出一只红绸包,一把塞进他的手里,拍了拍他的肩,叫他放心去干,说秀芝和孩子有他照看,快些上路吧,以后有时间就回来看看。

看到老人苍老的容颜,他又叫了一声爹,接过老人塞给自己的枪伤药揣上,终于踏上了那条通往华蓥山弯长的山道。

后来,他那矫健的身影,渐渐地隐没在茫茫的林海中。

三天之后,他到了华蓥山,找到了农民赤卫队,说自己要找那位年龄最长的老太婆,要跟着她学本领,为穷苦人打天下!

当初,他只是想拜自己画的老人为师,练就一身真本领杀富济贫。他一直要找的那位老人,就是当年威震西南诸省的双枪老太婆。

那天中午,一位腰插双枪,再怎么看都是不过二十岁的女队员来到他面前道,你找双枪老太婆做啥,我就是!

什么,你是双枪老太婆?

绕着这位双枪老太婆,他瞧了老半天,觉得再怎么看她都不可能是双枪老太婆。你说一位二十来岁的小姑娘,咋个能称老太婆呢?

突然,随着叭叭的两声枪响,他看到一对掠过头顶的山雀突突地落在自己的面前。

拧起两只山雀,他眯开两眼又把这位自称双枪老太婆的姑娘打量,她吹了两口冒着青烟的枪管,两手一挥,她又利索地将抛向空中绕了两圈儿的双枪接住,往两腰一插,哼了一声,转身就走。

然而,时间不过半个时辰,先前这位自称双枪老太婆的小姑娘又回来了,还带来一位年龄稍长的老大姐。这位老大姐也是腰插双枪,样子可比那位小姑娘威武多了,就是她那两支二十响,而让西南地区的反动派闻风丧胆。

一到他面前,这位跟着过来的老大姐就说。我在这里最长,芳龄三十有二,是赤卫军三支队支队长。你以后叫我司令也行,还可以叫我老大姐。你要参加赤卫军,那你以后就跟着我这位最老最老的双枪老太婆打天下吧!

从此,他就跟着这位最老最老的双枪老太婆出生入死,当了两个月交通员就调入双枪别动队。别动队中有十一名女队员,个个都是左右开弓,百发百中,对外都叫双枪老太婆。袭伪警、打团防、惩土豪、除恶霸,他一直是这位女双枪司令麾下的虎将。

第二年春天,秀芝背着儿子来到了华蓥山游击区参加了双枪别动队,并与他一道出入于枪林弹雨,后来也称为双枪老太婆。

天路上的幸福

花开的声音

来到一道深不见底的绝壁边,媳妇苹苹一屁股坐下来,说是不走了,还说二娃不老实,什么飞机开到家门,尽是糊弄人,并指着深涧说,除非你把我背过去,要不我就一个人转回深圳。

我没有骗你,我们真的到了,你咋不信呢?看到妇媳有些生气,二娃

把一副笑脸凑到苹苹跟前。

可是,苹苹还是禁不住地抵近深涧一望,下面深不见底,感到有些头晕目眩,听到下面呼呼的风声,同时夹杂着山猿的啼鸣。她又拾起一个鸡蛋大小的石头往下一扔,一点声响都听不见。

生怕苹苹滑下涧去,二娃一把拉紧苹苹的手说。我实话告诉你,这道涧有五百多丈深,我的爷爷也只进过一回,我爸从没进过,那更别说是我了。要不我们绕道走,那至少还得走四天四夜。

一听到这儿,苹苹更是气不打一处出。你不背我过去,我就不走了,你要回去就一个人回!

这怎么行呢?二娃又说。苹苹,我说的可是真的,说到就到了。你看你看,那就是我们回家乘飞机的跑道。

说时,二娃指着距离身边不远的一条横跨东西的钢丝索,还有一座铁架,钢丝索紧紧地缠绑在一个巨大的山石上面。

一看到两条摇荡的钢丝绳,苹苹真想大哭。难道还要像飞夺泸定桥的勇士一样,踩着钢丝跟你回家过年?

我真没骗你,我说回家坐飞机也是事实,不过我说的飞机,就是咱们老家的土飞机。

突然,二娃高兴地说。苹苹快看,那炊烟升起的地方,就是我的家,我妈早把团圆饭烧好了!

抬头一看,苹苹果真看到深涧对面的一道山峦后面升起几道雪白的炊烟,她仿佛闻到了一缕缕腊肉的清香。

你说,你让我怎么过去?你是可以过去,那我又怎么办?苹苹抬手打了二娃两巴掌。

一把把苹苹拥进怀里,二娃就说。我从小上学到镇上赶集,一走十多年,都是打这深涧上过。我们村五十多户人家,要出山都是打这儿过。我相信你,你也能一定过去!

一看快到晌午了,苹苹揪了一把二娃的屁股,看你把我害的,回到深圳了我一定不饶你!

于是,二娃用双手做成一个喇叭,高声喊道。爸——妈——,你们二娃带着媳妇回来过年了!

没过多时,苹苹就看到一中年妇女高兴地跑到对面的山涧边,大声地说。还真是我二娃回来了!千万不要着急,反正到家门口了,我去叫你爸把飞机开过!

可是,苹苹还是不放心。你也说是飞机,你妈也说是飞机,到底是啥飞机?

嘿嘿两声后,二娃就说。咱不是到欢乐谷坐过几次过山车吗?坐上去的感觉,就像那一样,那才真叫刺激。

说时,苹苹立即看到深涧对面的二娃爸哗哗地将他们所说"飞机"滑了过来,苹苹仔细一看,这哪里是什么飞机,分明是一架空中溜车。

等溜车一停,二娃扶着她坐了上去。想到媳妇是第一次坐这玩意儿,就用一块丝巾蒙住她的眼睛。

这时,苹苹又听到二娃的老爸在问他俩准备好没有,二娃回答,我们准备好了。

话音刚落,苹苹就听到滑轮摩擦钢缆嘎嘎的声响,身子开始向涧上移动,耳畔响起山风呜呜的号叫。她咬着牙紧紧地抱着二娃,身子真好像在蓝天白云中飘荡。

至此,她又真想拉下蒙眼的纱巾看看下面奇异的风景,而两手被二娃紧紧攥着,她仿佛又回到了半年前,同二娃从深圳飞往上海时的情景。

嘎嘎声响一停,苹苹取下蒙着眼睛的纱巾,揉揉眼眶,她就看到了公公、婆婆笑得合不拢嘴,回头看一眼自己刚过的山涧,望了望那两条飘荡的钢绳,心想这就是以后回家的路,使劲儿拧了一把二娃的屁股。

抚了一把苹苹那一张嫩得出水的脸蛋,二娃娘问她,第一次坐咱山

花开的声音

里的土飞机怕不怕？

看到慈祥的二老，苹苹笑了，立即回答说不怕，还说一过完年，我们就接二老到深圳，坐一坐真正的飞机，到时我带你们去大世界玩，坐坐那里的过山车。

嫂子！嫂子！苹苹看到一位妹子直向自己挥着手。二娃高兴地说，是燕子回来了。燕子是自己小妹，她在成都上大学。

待老爸一放过缆车，燕子往里一坐，随着嘎吱嘎吱的声响，燕子亮开她那高亮的歌喉唱起来。在离天很远的地方，总有一对眼睛在守望……噢，神奇的九寨……噢，人间的天堂，你看哪天下的人哪……深情地向往……

至此，苹苹禁不住问了一声二娃。她咋个就不怕呢？

她怕？胆子比我还大。二娃还说，打第一天上学起，她每天就唱着，我是一棵美丽的小草，荡起土飞机上学。你看，我上过大学，燕子现在也是大学生。我们这个村子，就从这条钢绳上，一共飞出去十名大学生了。

儿媳苹苹给二老拜年了！一股暖流涌上了心坎儿，苹苹抬腕拭了两把模糊的双眼，双膝跪在二老面前的地上。

相亲的小羊

升学考试完毕，老妈叫我到表姐家去玩，说是去看媳妇。表姐家住在高山，家里养了好些山羊。我答应老妈去看，只想回来的时候，向表姐夫要一只小羊。

那年,还要到年底,我才满12岁,下半年升入初中。

在姥姥家玩了三天,我由表姐夫接上山。表姐夫是羊贩子,长期买羊卖羊。刚一到落座,他就问我,是要高大的,还是小个子。我说先看看,只要漂亮就成。

玩了两天,表姐夫对我说,走,我带你去白岩村挑大奶羊,回来就顺便把我买的两只老山羊赶回来。表姐夫与我有玩笑开,叫我看媳妇说成是去挑大奶羊。

那天午后,我就跟着表姐夫上山,爬行十多里山路,有几处路太陡,两边都是悬崖,还是由表姐夫背着过去,来到白岩村一户依山的人家。

姑娘姓张,大约有18岁,已经成熟。我一眼看到,还真有些害怕,她个子那么大,自己还这么小,她正在砍猪草,是高山养猪的葛叶。脸上长着几颗红痘,嘴唇的右上角,拭着磨制的黄连汁,黄黄的。一见我们到了,她的脸一红,马上起身进屋。

临走之时,她快步跑来,将一块洁白的手巾塞进我的衣兜里,我望着她笑了笑,想叫她一声,却不知怎样开口,又叫她什么好,自己便将手巾揣好。

突然,她家的一群山羊打开了圈门,四下奔跑,由于她哥不在家,几十只羊直向坝外的庄稼地里活蹦乱窜,她与她娘慌了手脚,再怎么赶都赶不回去。表姐夫带着我帮着赶了大半天,总算才赶回圈里。

最后,我抱着一只跑散的白色小羊,摸了摸刚冒出的角儿,抚了抚一身光亮的洁毛,恋恋不舍地将它放在一只老奶羊身边,自己的目光却一直停留在那只两天才开始吃草的小奶羊身上。

见我特喜欢小羊,张姑娘抱起我刚才放进去的那只雪白的小羊羔,来到我面前,说我送你一只,回去好好地养。我一听高兴极了,心说自己来此的目的,就是想向表姐夫要一只小羊,真没想到,她却送一只,帮我

花开的声音

了却这一大心愿。

她将小奶羊交到我手中,转头跑了回去。我方才仔细地望了她一眼,觉得她好美,她那羞红的面庞,就像一朵绽放在大巴山上的红杜鹃。

我高兴地接抱过来,再抚了抚小羊背上的洁毛,回头向她挥手道谢,抱起就走。第二天一早,我抱着小羊下山。那一个暑假,我过得特别愉快,天天与小羊为伴,并与小羊一样,一天天地长大。

开学之后,我就到了外地念中学。年底时候,表姐夫赶着一群山羊来我们老家一带卖,问我,张姑娘问你上了中学没有,奶羊羔长大了没。她说,只要你喜欢,她一定等你,就是等你十年八年,一定不变心。

三年刚到,张姑娘送的奶羊羔长成大奶羊,羊崽再生羊崽。我考上县里重点高中,因父母年迈,没有其他收入,家头经济困窘,老爸便将奶羊生的羊崽养大卖掉,换成钱,以此供我上学花销。

那年秋天,我一接到大学的录取通知,就与娘说,去接张姑娘来家里玩,老娘也同意,而一到表姐家,表姐将八百块钱交给我,说是张姑娘留给我的,是她平时卖羊攒的私房钱,让我上学时花,她两月前出嫁了,是换李家姑娘嫁给自己大哥,给自己当嫂子。

参加工作后,我到白岩材去采访,实际是想去看看张姑娘。表姐和表姐夫一见我,非常高兴。我悄悄问表姐,张姑娘现在过得好不。表姐说山里人家的日子,再好还是比不上外面,问我是不是想见她,我回答说是。

表姐带着我,又翻过那道山梁,远远地指着一位正赶着一群山羊上山,左手牵着一个女孩,背上背着一个男孩的大嫂,说那就是张姑娘,现在是两个孩子的妈了。我一直望着她拉着孩子,赶着羊群进了林子,才随着表姐离开,发觉眼里有些潮润。

第二年年初,我通过张姑娘所在县一位林业局的朋友,帮张姑娘所在的自然村争取到一个种植药材的扶贫项目,我又用自己的稿费,购了一批黄连种子,托林业局的朋友带到白岩村交给张姑娘,后来我听说,她家有一年一次就卖掉药材五十多万元。

三十载过去,我一想起自己的童年,就回想那段幼稚的爱情,我就想起张姑娘,想起第一次相亲,想起张姑娘送我那一只美丽的小白羊,就将自己那一段情和恋,就像黄连的种子一样,播撒在大巴山上。

奇亮的路灯

不知怎的,九号楼前的那盏路灯突然不亮了,不知是灯丝坏了,还是线路老化接触不良,只有电业人员才能解决问题,却老是不见电工阿明前来修理。

看见路灯多夜不亮,阿华拨通电工阿明的电话:"我们九号楼前面的路灯不亮了,你来查看一下!"

"我星期天来,到时修一下就是!"阿明热情地回答。

而一周过去了,大家还是不见阿明前来检修,阿华直接打电话到电管所投诉:"九号楼前的路灯坏半个月了,你们为啥现在还不派人来检修?"

电话里面,接阿华投诉电话的正是刘所长:"这个阿明太不像话了,我马上叫他来检修。他不来,我立即撤他!"

众所周知,刘所长历来怕老婆,而电工阿明,正是刘所长的内弟。

当初,供电所本是决定聘请阿华来负责该地区的电路维修,阿明的

姐姐一听说,马上就找所长老公大吵大闹,说阿明当不上电工,你就别想回家!

整整一个月过去,每到天一黑,这一地段一片黑灯瞎火,来去的老老少少看不见哪儿是水沟,哪儿是路口。

那天晚上,阿华与老婆说着笑话,随着一阵摩托马达的轰叫传来,接着就是一声砰的巨响,马上听见几声撕心裂肺的惨叫。

"不好,肯定又是哪位冒失鬼撞车了!"阿华大吃一惊。

随即,阿华赶紧下楼,一看楼前那盏久已失修的路灯大放光明,把近前的街道和路口照得分外明亮,连路边的各种树叶都能清晰地分辨出来。

看见闪烁的灯光,阿华十分纳闷:"今晚真见鬼了,没人来修,路灯咋个亮了呢?"

快走几步,阿华来到路灯下一瞧,一下子惊呆了,翻倒在地的不是别人,而正是大伙儿一直盼着前来修理路灯的阿明。

路灯下面,阿明酒瘾撞跑了大半,两颗门牙磕掉,胳膊和腿已摔得动弹不得,一看那辆新买的座骑,车灯没了,龙头撞变了形,两个轮子正卡着那条不锈钢的灯柱。

扶起阿明,阿华一边说:"谢谢阿明,看看,你一来,我们就不用打黑摸了,就有了光明,你怎么不早点来呀?我们这三十家住在九号楼的人,个个眼睛都望穿了!"

"是呀,为啥不早来……"醉醺醺的阿明朦朦胧胧地看到阿华,哎哟哎哟叫个不停,舌头不听使唤,不知咋回答才好。

摸出手机,阿华马上打给刘所长,说是他的小舅子出事了,叫他赶快来到九号楼前。

一听小舅子出事了,向来怕老婆的刘所长哪敢怠慢,马上骑着摩托车赶来。

来到九号楼前,刘所长看见那盏亮光闪闪的路灯,就问阿华:"你不是说坏了吗,咋还亮着?"

"这灯是我来修好的!"看见姐夫一来,阿明酒醉心明白,要图表现,哎哟几声,歪咧着嘴:"姐夫你来看看,我来修路灯,现在摔成什么样子了!"

看见阿明摔得一脸是血,又是一身酒气,刘所长就说:"小明啊,你又喝高了!"

"姐夫,我没喝高,今晚,九号楼前——的——路灯——我已修好了。"阿明还想说,哇哇地一阵呕吐,哎哟哎哟地叫,说真是痛死我了。

与刘所长一起,阿华扶着阿明坐上刘所长的摩托车,还听见刘所长说:"阿明啊,你今晚真是喝高了,喝得这么高,你还来修什么路灯?"

听到此处,阿华心里有些不是滋味儿,就对刘所长说:"你小舅子骑车的技术就是比你高,还可以爬电线杆,你以为路灯真是他来修亮的吗?"

"不是他来检修电路换上一颗新灯泡,这灯又怎么会亮?"刘所长回头质问阿华。

闪亮的灯光下面,阿华微微一笑:"等阿明酒醒过后,你是他的姐夫,到底是不是他撞亮的,过后自己问去吧!"

瞥一眼阿明,刘所长哑口无言,一转身,马上打火加油,随即将阿明那辆撞变形的摩托车,连同阿华一起,扔在瑟瑟的秋夜之中。

第三辑

爱上弹弓的麻雀

超级广告

那天下午,牛总开着奔驰来到新楼一看,气得直吐血,投资四千多万修建的办公楼一天没有享用,就随着一声惊天动地巨响而倒掉,连地梁都一条条地倒翻起来。

一阵痛骂之后,他首先打电话给建筑公司,接着打给钢材供应商、水泥供应商,最后打给装饰公司。

接到牛总电话,建筑公司的朱总、钢材商马总、水泥商张总、装饰公司郝总,急得火烧屁腔儿,开着奔驰火烧屁股似的匆匆赶来。

几位老总一到,牛总便抖着与他们签订的合同说:"你们看看,我还没有搬进去住就倒了,你们说说咋办,是公了还是私了?"

遛转几圈后,几位老总一看,十分惊奇,倒塌楼房的门窗、玻璃等,只有着地的一方损坏,其他地方完好无损,就是倒塌的墙体,而连一条缝儿都没有。

"倒就倒呗,你光与我们急关屁用,该咋办就得咋办!"看到牛总激动的样子,建筑公司的朱总却摆出一副不以为然的派头:"没有人员伤亡,就是不幸中的大幸、万幸,大不了再建一幢!"

看到气急的牛总,马总也说:"倒了就倒了,我可以保证,我提供的钢材不存在质量问题,完全符合国家建设标准。你有什么怀疑,完全可以

去请质检局来检测,达不到标准,我负全责!"

一阵交头接耳后,几位老总都是连声说,没啥大不了的,还安慰牛总一番扬长而去,全然不把牛总要告上法院的话放在心上。

第二天一早,几位老总就随质检局、安检局等多部门人员来到,忙活了好几天,最后一致认定,造成此楼倒塌的主要原因是属地质问题,此处不宜修建楼房,而不属施工建筑质量问题。

至此,牛总一想到自己买此块地皮后,请风水先生的花费就达三万多元,而为何不请人对建筑地的地质进行勘测感到痛心疾首。

接到事故检测报告,牛总一见索赔成为泡影,心说自己咋个如此倒霉,几千万一下子扔进水里,连泡影都没咕噜一声。

半月之后,市政府为牛总公司重新提供了一块地皮,他立即派助理马不停蹄地重新补办了有关手续,而一想到,自己还得另花钱重建,一动工又是几千万,心说我老牛走的又是什么狗屎运,如此倒霉。

正当他一筹莫展,马总、张总一一打来电话,声称他所需材料自己免费提供,朱总、郝总也赶来,声称主体工程建设、装修,一切费用全由自己免费承担。

于是,牛总公司新办公楼又动工修建,工程进行得十分迅速顺利。

看到新楼又将竣工,牛总激动地对几位老总说:"谢谢你们的支持!"

迁居这天,财大气粗的马总一到,马上递上一张五十万元的支票:"咱这只是来意思一下,不算支持,就算补你一点儿广告费!"

"那有事儿,我给你们打广告……"望着支票,牛总十分感激。

不待牛总说完,郝总也扔过一张五十万元的支票:"你咋忘了,前次新楼倒塌,你不就给我们做一次广告,差一点儿打破了吉尼斯纪录!"

经过一周的打探,牛总才知道,自己公司新楼倒后,朱总、王总、马总、郝总,借势大打质量牌,他们一赚就是三五亿。

"哎哟,我还真是给他们做了一次顶级广告!"一想起自己投资数

千万元，竟是帮人家公司打广告，牛总又没好气地责问身边的助理："我们为啥不打自己的广告呢？"

阎王治病

前些日子，阎王患了风寒，咳嗽头痛，四肢乏力，生怕患上流感，立即吩咐照顾自己的母夜叉："快传崔玉拿来生死簿，查查被打上红钩的有几位是名医，看看谁的医术最精湛，快快召来为我治病！"

崔玉一到，阎王就问："世上第一医师扁鹊，现在身居何处？"

崔玉回答："扁鹊早已转世千年，都是几百代了，我们无从清查。"

阎王又问："那位为青龙偃月刀关云长刮骨疗伤，而被曹操杀害的名医，还在冥间没有？"

崔玉又答："华佗早已转人百世，要查实属困难。"

阎王厉声吼道："那你们还不去给我把张仲景请来，要不就是李时珍！"

崔玉大声回应："张仲景、李时珍，一位写了《伤寒杂病论》，另一位写了《本草纲目》，直到现在，阳间还一直沿用这些版本。我们收入阴间不久，那次失火，不慎烧了几本簿子，两位的名字都记录在上。现在想找到他们，的确比登天还难。"

因为头疼，阎王立即差遣崔玉命一夜叉在冥间一一排查，而几位夜

又为了交差,却将新近收进来的新鬼带上来应付。

握着生死簿,阎王一一查阅在阳间从医的人名,发现还有一位是新近被处死的管药的局长,头衔较大,且致人多起死亡,另一位则是刚刚学医出来,才医治一人,却他就将人医死了,他气得火冒三丈,一把将簿子掀倒一地。

阎王吼道:"你们请他们来为我治病,是不是想让他们把我也医死?你们还不速到阳间去,请两位医术高明的大夫来为我治疗!"

崔玉上前,说一声遵命,马上差四名大小夜叉,手持勾魂枪,四处寻医,半天才回,带回两个新鬼回来,一位医学院教授,一位医院的院长,教授学术造假,院长身负命案,前者饮毒而死,后者跳楼而亡。

阎王一审,又正在气头上,马上命令崔玉将他俩打入地狱十八层,永世不得转回人间。

母夜叉说:"现在阳间科技高度发达,医疗设备齐备,药物种类又多,中药西药样样都有,不是大病,买几位药就能够治好,省得身子受折磨。"

母夜叉一席话,还真说到阎王的心上,阎王立即差一名小夜叉,连天赶到阳间一医院,花了一捆钞票,买回一袋中草药,寻来一口大锅煎熬,马上架柴升火,为阎王煎药,忙得不亦乐乎。

药端上来,阎王伸手接过,刚要放嘴边喝下,一看药汤呈黄白色,像下了砒霜一样,他立即把碗放在台面。

母夜叉上前:"王爷,你咋个还不喝下?早喝早好,身体要紧!"

没有回答母夜叉,阎王长叹两声,说阳间人现在最怕生病吃药,自己做鬼也是一样,生了病身子受罪,而又要吃药才能治愈。过去是没钱治疗,现在有钱了就怕摊上假药。他之所没有喝,心里与常人一样,有些害怕畏惧。

当然,阎王的顾虑并非无道理,众所周知,特别是近年来,阳间不是出现多起医疗事故,就是那位新近处死的药监局长,不就是因为给几个

假药厂开放绿灯,案发之后被政府处决。而那些假药厂倒了吗?难道就不会再有人生产假药?

"这样的药也敢喝?这里面有鬼!"阎王脖子一扭,不再望药碗一眼。

阎王的心事,只有崔玉心知肚明,他对近前的一夜叉吼道:"你快去,给我把那个药监局长押来!"

药监局长押到,崔玉道:"你是内行,检验一下,这药是真还是假?"

"没有检测仪,让我咋个验啊?"药监局长一脸狐疑,惊愕地望着阎王那张枯黄肌瘦的脸。

"那还不简单,你喝掉不就行了!"阎王一挥手,两眼死死地盯着药监局长。

望望阎王,又望望崔玉,药监局长战战兢兢:"我没有生病,还是阎王爷喝吧。在生之时,我可从不吃药,我就是怕、怕……行刑的时候,说是进行药物注射,我不同意、不签字,宁可穿枪子儿,就是不同意用药……"

"既来之,则安之。你看,连我病了都得吃药,你又什么可怕!"阎王叹息一声说道,又像安慰着他。

药监局长惊魂未定:"我是不怕吃药,要吃那也是真药呀,我是怕吃上假药。再说我就是栽在假药上,不是假药的话,我一时半会不会来到你们这儿!"

咳嗽了一阵又一阵,阎王正端起碗来准备喝一口,试试药效,相信自己五毒不浸之身,忽有一小夜叉急匆匆来禀报,说阎王爷养的那只金丝犬死了。

阎王一惊,手中的药碗落地开花。马上命令崔玉追查,结果是金丝犬刚刚吃了一块沾了几点药水的羊肉。

花开的声音

爱上弹弓的麻雀

上小学时候,我在班里最瘦最矮,班长秀秀只比我大一岁,个儿却比我高出半头。我们打过几回架,每次都是我吃败仗,只有听她摆布。

打上学之日,在我那个妈妈用蓝色包装布缝制的书包里,除了有书本和铅笔,我还放有一只老爸专给我做的弹弓。

有几次放学后,秀秀要我背着她回家,我一路背着她走,心里就叫她麻雀,说我以后就是要用弹弓打她。

上课的时候,老师在台上讲,我却时时在下面玩着弹弓,老师没有发现,而被秀秀多次发现,她告了我一状,老师碍于老爸的面子,没有没收我的弹弓。

因为身子瘦弱,时时闹病,我打小就没别的爱好,打篮球上不了场,我就只爱玩自己的弹弓,尽管老爸爱子如命,却在给我弹弓时而是再三叮嘱,千万不能对着人打,一定要离人远一点儿,你打了人,老子就让你屁股开花!

一天下午,我放学后猫在学校门前一棵大榕树后,瞅上一只站在操场围墙上的麻雀,我一声不响地捡起一粒石子,摸出弹弓,把石子搭上垫子,瞄了一眼,紧拉胶皮,嗖,石子像长了眼睛向那只麻雀飞去。

哎哟!秀秀突然跑出校门,一下子出现在我的面前,双手捂起她那美丽的脸蛋。

坏了,石子准是打在秀秀的脸上,我吓坏了,拔腿要逃,却被追上来的秀秀逮住了衣领。

回过头来,我看到秀秀被石子擦破皮的脸蛋,血珠儿直冒,怕她打我,我直向她讨饶,说我真不是故意打她,我是在打一只麻雀。

不由分说,她一把夺过弹弓,捂着脸落着眼泪走了,这是我第一次在她那美丽的脸蛋左边留下一条伤痕。

以为她要向我老爸告状,我那天放学后一直不敢回家,怕回家后挨老爸的竹条,在路上躲躲藏藏一阵,看到妈妈又问又喊,十分着急,我才露面跟着妈妈回家。

打伤脸蛋后,秀秀并没有告诉我的老爸,也没告诉老师,只是把我的弹弓抢了去,我要了两次,她就是不还我。

过了一周时间,我发现弹弓在秀秀的书包里,我又要过几次,她还是不还,我再说什么都不给我,还说我再要她就要告诉老师,要我爸妈赔她的医药费。

打架又打不过,看来只有采取智取,我趁上体育课的时候,偷偷地溜进教室,并从秀秀的书包中把弹弓拿出来放进自己的书包里,又一声不响地回到体育场。

然而,等弹弓一到手,我却又保守不住秘密,还拿出来向她炫耀,我们又抢夺一阵,当然又是我吃败仗,弹弓又被她抢夺过去。

打那之后,我有些恨秀秀,认为她是有意与我过不去,是成心欺我个矮体弱。

后来,我要过几回,她还说就是不给,谁叫我有了弹弓,一到上课就管不住自己,在下面玩,不专心听课!

过了一段时间,我把老妈给我的糖果塞进她的手里,并向她作出保证,说我以后再也不在课上玩了,请她把弹弓还我,而她就是不还给我。

花开的声音

眼看接近期末，秀秀才对我说，如果我在一周内把语本课文全部背完，她一定把弹弓还我。

为了赢回弹弓，我只好努力，并在期末考试前一周，用两天时间，我在秀秀面前背诵完整本语文课本，她也说话算数，就把弹弓还给我了。

那年期末考试，我的语文成绩跃到全班第三名，而在以前，我的语文分数都是在班上三十名以下。

八年转眼过去，我与秀秀高中刚一毕业，就一起响应领袖的伟大号召，与五千多名同龄人一道，离开自己生活的山城，上山下乡到西双版纳当知青。

离开山城的时候，在随身挎包里，除了两本毛选，还有那只精巧的弹弓。

到了西双版纳，我与秀秀没有分在同一公社，我开始担心她了，觉得一个女孩子不应该来到西双版纳受苦，而应留在城里，留在父母的身边，不知她分到哪儿，离自己又有多远，要是在同一个生产队多好，她担不起抬不动，自己完全可以为她分担。

那年，我再不是过去受秀秀欺侮的小男孩，尽管身子还是瘦，而身高却到一米七三，就像一根细长的山楂树条。正如她后来常笑我，若是在我的双手扎上两条长胶带，那就是一只世界上最标准的弹弓。

因为生活条件十分艰苦，一日三餐吃的都是粗粮面饭，一连几个月还吃不上一顿肉，我的脸变得更黑更瘦，身子有些撑不住了。

为了坚持下来，我就想出一个改善生活的办法，就将弹弓和自己以前练就的本领一齐派上用场，打天下飞的，打地上跑的，一打一个准儿，跟打猎一样，而主要是斑鸠、麻雀、田鼠、蛇等类的能食动物。

秋天到了，我经过多方打听，才知道秀秀与自己有二十公里路程，并托她所在大队的老支书捎给她一封信，说我抽时间去看她。

不到半月，我也收到秀秀捎给我的信，问我现在身体状况怎样，抗不抗得住，也说抽时间来看我。

秋末一天，我吃了中午饭，抄起自己的弹弓出门，来到生产队的晒场附近，因为晒场离保管室近，只要是天晴，就要晒粮食，麻雀、斑鸠一定得来，而一来就是一群，最少也得有十只八只。

生产队的晒场真大，占地一千多平方米。保管员回家吃饭去了，一场玉米铺得满满的，只有中间一块不大的地方铺着一块黑高粱。

老远，我看到一群麻雀正啄着黑高粱，怕打中了高粱，让高粱溅进了玉米里面，保管员一定会骂娘，加上粮食就是一生产队人的命根，我于是没有选中麻雀多的地方打，而只对着落在晒场边的两只麻雀开弓。

不知是命运安排，还是我的疏忽大意，在我一连打中五只后，我又对准第六只开弓，刚将拉满胶带的右手一放，我才看到晒场对面的路上走过一人来，随着一只麻雀一栽，对面的来人哎哟了一声。

看到弹起的石子打在来人的脸上，我顾不上自己的猎物，马上跑过去，一看来人正是秀秀，她是来看我的，石子又把她黑红黑红的脸蛋右侧擦破一条皮，小血珠儿直冒。

看见我来到，秀秀没好气地说，我就知道是你，这就是你给我的见面礼，小时候打了我一枪，今天又打了一枪，你让我以后咋好嫁人！

想到伤了她两次，而又伤到一个女孩美丽的脸上，我说都是自己不好，你万一嫁不出去，以后就干脆嫁给我好了！

实在太气，我便将那只心爱的弹弓扔出三丈多远，一把捧着秀秀出血的脸蛋，问她疼不，赶紧拉着她来到赤脚医疗站，擦上红药水。

那年春节前夕，我与秀秀正式开始恋爱，我送她的定情之物是一件白花衬衫、一条青布裙子，她回敬我的定情之物，就是那只我扔了三丈多远的弹弓。

回城之前，我与秀秀就结了婚，并有了一个孩子。

而自恋爱时起，她欺侮我更甚，要我还是叫她麻雀，说她永远做我心

花开的声音

中的麻雀,她也再没叫一声我的名字,而是叫我弹弓,并一直叫到四十年后的今天。

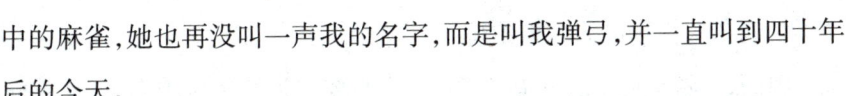

幸福的兔叔

三个月前,我一听说咱们的兔叔又相了一次对象,又真为老人高兴了一回。兔叔五十都过了,本来就该有一个知冷知暖的女人来疼了。

可是,我一想到兔叔那一副红梅花型的缺嘴,着实又为老人捏了一把汗,一直搁不下心来。

那天中午,听说他刚与那位女士一见面,一句话不说,转身就要走,好在几位热心的街坊好说歹说之后,他才坐了下来。

据说,老人这次相的女方条件不错,离异之后,就想找一位心地善良、年龄相当的男士为伴儿。

兔叔是咱的一位邻居,而这些一住几十年的老邻居还知道他姓啥名谁,何况自己一个小字辈儿,只是时时听到年长的叫他名嘴儿,咱在背地里却叫他兔叔。

过去,长辈们叫他名嘴儿,实实在在都与他那一副说话吃饭的嘴巴子有关。

实话实说,兔叔的嘴就是一副典型的兔子嘴,上下唇上各有一条豁口,平时一说话,就像一朵绽放的红梅花,怎么又与名嘴挂得上钩呢?他又不是现在人们称道的名播主持。

因而,一说起兔叔这一副名嘴来,而只要在街坊邻居中走走,你就能听到至少有三种版本。

第一说法,是说兔叔老娘怀他的时候没有忌嘴,吃过兔子肉,听说好多女人怀上孩子就不吃兔子肉,于是生就了一副有缺口的梅花嘴。

另一说法,兔叔小时候十分淘气,摔了一跤,嘴唇刚好扎在她老娘手中的菜刀刃上,碰割掉了一块肉,没钱上医院,没有找大夫缝合治疗。

但是,大家却一直认同第三种说法。

那是在十五年前的春天,咱兔叔追上了一名打劫了刚从银行取钱出来女子的中年男子,不想被那家伙转身一刀,端端劈在他的嘴上,落下两块肉,流了一碗血。这一次真是伤口之上又添刀,痛上加痛。

还有,按咱这里的习俗,老老少少对一些身体有残缺的人士,而不直接用其生理的缺陷来给他取绰号或外号,这样叫让本人伤心,是为大不敬,不道德,而只能用一种与之相称的美名来替代,更不是以此来取笑。

如此一来,兔叔就在像我这样的小字辈嘴里背地里叫了出来,一些小字辈儿还当面就叫他名嘴儿叔。咱叫他名嘴叔,不言而喻,是咱们这些邻居街坊给兔叔那一副缺嘴奉送的一种美称。

以前,我一叫他名嘴儿叔,老人尽管每次都以微笑作答,而谁又知道老人的笑脸下面掩埋在内心深处的一阵阵痛。

时间一长,他的姓名就渐渐地被名嘴儿和兔叔两种称谓替代了。

至此,咱兔叔就因嘴上的缺陷,婚姻一次又一次地遭到挫折,前后一共相了五十多次亲,而每次都像风一样一吹就过了。

在过去的日子里,无论是在晴朗的早上,还是在那霞晖斑斓的傍晚,我时时看到兔叔形孤影单地在街道上来来去去,也感到了生活就是这般地无情,时时也为这位善良的前辈感到伤感和无奈。

同时,就是住在他家附近的好几条街的老少爷们儿,一样是看在眼

花开的声音

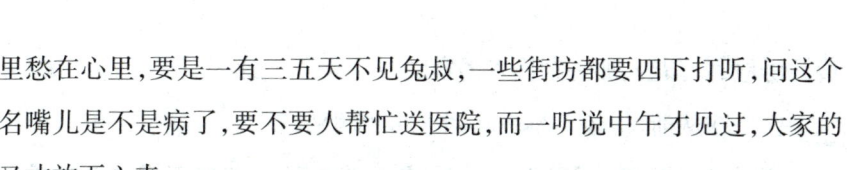

里愁在心里,要是一有三五天不见兔叔,一些街坊都要四下打听,问这个名嘴儿是不是病了,要不要人帮忙送医院,而一听说中午才见过,大家的又才放下心来。

想到这些,我又觉得真不能怪一些女人没眼光,谁让咱兔叔的嘴有缺陷呢?在邻居街坊中,就说咱兔叔真是有几个女人说喜爱,但都只是停留在嘴上,而每人都有自己的审美观,都是碍于世故人情而已,只是不让老人产生一种被人瞧不起的想法。

再说,即使真有一两个女人真心喜爱咱兔叔,但一看到他那一副豁口嘴巴,而谁又真乐意和他生活一辈子呢?

听说咱兔叔这次相的对象还不是一般,咱们这些邻居街坊能不为他捏一把汗吗?

还有,生活在当今社会,又有哪位女子不爱美?她还有那么多的资产,兔叔又是一副缺嘴,能配得上吗?

如此看来,兔叔的命真是比苦海还苦,老人此次的桃花梦肯定又做不久长,要不,除非就是这个女人另有企图。

本来,街头的几位热心人还想去安慰一番,可没想到,就在他们相亲第二天,兔叔就突然失踪了,来了一个销声匿迹。

二十多年了,老人经受了数十次的婚姻失败打击,别说是一位年过半白的孤独老人心里有多绝望,就是一枚金刚钻,那也磨钝了啊。

后来,大家只好四下寻找,一找就是三个月,却仍不见兔叔的影子。

昨天傍晚,我打年货回来,突然看到兔叔在街道散步,还一手牵着一位漂亮的中年女子。我还以为这是幻觉,感到自己是在做梦。

接着,我仔细地把兔叔上下打量。两三个月不见,他与从前真是判若两人了,那一张名嘴儿再也没有豁口了,头发理得发亮,浑身上下特别有精神,一看就年轻了十年八载。

又惊又喜,我大声地叫了一声兔叔,并下意识地不再叫他名嘴儿叔,傻愣愣地盯着老人那一副焕发的容颜。

要是在从前,他还不早一耳刮子向我搁来。

这时,我伸了一下舌头,就望着兔叔身边那位美妇而出神。她看上去不过五十,穿着时尚的貂绒上衣,左手挎着坤包,右手挽着兔叔的胳膊,引得街坊中一阵议论。

一看是我,兔叔转身摸一把我的脑袋,第一次开心地应答了我。乖仔,以后就叫我兔叔吧,不要再叫我名嘴儿叔了!

顿时,我在兔叔灿烂的脸上第一次看到那溢满幸福的微笑。

到底谁是狗

中午时候,二狗牵着大黑狗出门,迎头碰上麻狗家的那条瘦精精的小黄狗,二狗嗾了一声,你去咬它!

一听主人唆使,大黑狗扑上去按住小黄狗就咬,小黄狗当然是吃了败仗,被大黑狗咬得狗毛直飞,汪汪地蹿到二狗跟前。

这时,趁二狗兴奋不已,小黄狗冷不丁地瞅到二狗的腿,蹿上去撕咬下一块皮肉就跑,二狗疼得哇哇直叫。

听到二狗叫唤,麻狗马上出门,看到二狗腿上血糊糊的,就装作没看见一般,不闻不问。

二狗直指麻狗骂,你麻狗是咋看的家,你的狗跑出来咬人,你的狗简

直就是一条缺德狗!

顿时,麻狗也不示弱,我说二狗你怎么一下子就变成了一条疯狗,我麻狗连门都没出,你咋说我的狗出来咬了你呢?

正好,村长三狗刚好路过这里,二狗和麻狗拦住三狗不让走,说一定要请三狗评评理,主持一个公道。

三狗一听,上前查看一眼二狗的伤口,又掰起麻狗的嘴一瞧,叫麻狗快走,不要理他,转身斥责二狗,你是狗咬蚊子乱咬!

二狗气炸了肺,破骂三狗,你说我是一条乱咬蚊子的疯狗,那你就是一条不分青红皂白的糊涂狗!

如此一来,骂声四起,二狗的儿子小白狗打外面赶回来,一见父亲与村长三狗没完没了地吵骂,说爹真是老晕了头,不要吵了,说是让别人听到会笑话,背起二狗就往医院赶。

趴在小白狗身上,二狗一想,觉得还是儿子说得有道理,瞵了一眼麻狗和三狗,拍了拍儿子的肩说,看来还是我的小白狗聪明!

阎总招贤

整整一个上午,米宁自早上到中午,一连接了十几个电话,都是一些公司打电话来通知要聘用她,而一听说工资只有两三千元,她便马上搁上电话:"你们太小瞧我了吧,堂堂一位高才生,不说一月给一万两万元,

至少也得给我五六千吧！"

吃了午餐，米宁正打算午睡，突然听到有人敲门："米小姐在吗，我是阎氏集团的小张，我们阎总有请！"

起身开门，米宁看见门前站着一位白领男士："请问先生，你们阎总找我有啥事？"

"米小姐，我们阎总请你担任一份要职，你去吗？"一位三十来岁风度翩翩的白领男士，开门见山地对米宁说。

米宁一听，两眼金光闪闪："没有问题，那就看你们阎总一个月开我多少工资！"

"十万元，不算多！你做得好，我们阎总到时可以给你加薪，一个月再给你加三五八万都不成问题，他有的是钞票。"白领男士回答她说。

米宁心想，阎总这么赏识我，自己只要答应去做，这一下我米宁就要发大财了，一年下来，自己就成为百万富翁，不到十年，我就是千万富翁，哪有不答应的道理，只有傻瓜才不去干。

米宁再问："那具体是做什么工作呢？"

"秘书，或者叫助理，一天就是陪我们阎总游山玩水！"男士笑着回答，露出又尖又白的牙齿。

米宁连声回答："没有问题，没有问题，只要签一份合同，预付一个月工资，我马上跟你去！"

"请放一百个心，我早就为米小姐备着订金，你一签大名，我马上付你八十万！"白领男士冷冷一笑，立即从皮夹中抽出两份打印的合同书："你去之后，到了阎总面前，要替我这个跑腿的多加美言。"

米宁一听，心里甜滋滋的，说他拍马屁也拍太早了吧，两眼直直地望着签名处，抄起一支签字笔，沙沙地挥上自己的大名，行书字体，宛若行云流水，飘洒而又有力，一看就知道专门练过书法签名。

白领男士一转身，便从密码箱里扔过四十几打钞票："这是八十万，

算是订金。"

米宁一看,自己面前变成了一座金山,红红的票面,连封条都没折。她将签好的合同往白领男士面前一推,抓一条纸袋将钞票往里装。

白领男士狰狞一笑,又从密码箱拿出一枚印章,盖上红红的阎氏集团的大印:"你以后想反悔不服,就是告到玉皇大帝哪儿,咱也不怕!"

米宁拧起钞票要出门:"请先生稍等,我去一趟银行,一存完款就回来,马上跟你走!"

"不用存了,以后还想要多少,叫火车来拖就是,我们阎总的钞票堆积如山!"白领男士拦住她道。

随即,他露出了本来面目,抽出勾魂枪,在米宁面前一晃,就此勾走了她的魂魄。

由于兴奋至极,米宁跟着那位白领男士一出门,刚到楼口,一足踏空,身子一晃,她像一只折翅的小鸟,轻飘飘地坠下楼去。

傍晚,她跟着那名白领来到阎氏集团,一看连一幢像样的办公楼都没有,就问身边的白领男士:"我看你们阎氏集团怎么这么差,你莫不是骗我吧?"

"我说亲爱的米小姐,你咋还不明白,我怎么会骗你?我们的阎总,就是大名鼎鼎的阎王老爷,你说,你以后跟着他,你还差什么呢?"白领男士说时,还是露着那排又白又尖的牙齿。

一听到这儿,米宁犹如五雷轰顶,转身欲逃,却怎么也挪不开脚步,再说还能往哪儿逃呢。事已至此,悔之已晚。

"还是跟我走吧,我亲爱的米小姐!"白领男士上前,伸出铁钗一般的手爪提起她的衣领,一头从一道大石拱门钻进了一座巨大的墓穴。

于是,米宁就此出现在阎王左右,不言而喻,每月的薪酬一定特高,至于到底有多少,百万千万还是万亿,恐怕只有米宁本人知道了。

飘香车厢的梅花

眼前,只见一位十二三岁的小妹仔,风雪帽下露着一张红扑扑的脸蛋,闪着一双小眼睛,戴着红手套的小手,露出的指尖冻成了紫红色,一手提着南方人送礼的花篮,一手将一袋煮熟的鸡蛋举过头顶,正望着他喊着:"大哥哥辛苦,用鸡蛋填填肚子。"

由于妹仔个儿矮小,志平够不着,在一位她旁边的中年人的帮助下,才把一袋煮熟的鸡蛋传到他的手中。他大声地喊道:"小妹妹,谢谢你!你是跟爸妈一起来的吗?"

一看两袋鸡蛋到了他的手上,小妹仔回答道:"大哥哥不用谢,你够了吗?我是由妈妈带着来的!"

当一听他说有一位小妹妹还没吃东西,她就把两袋鸡蛋连同小花篮,叫身边一中年人一齐递给志平,说一声祝大哥哥和小妹妹一路平安,咕咕地踏着冰雪,又跑过两节车厢,奔到一位中年大嫂的面前,又从一只大筐里拿起一袋子方便面,跳着喊着。

望着长长的送食品的队伍,一股暖流瞬间涌遍了志平和阿慧的全身。志平把篮中的一袋煮鸡蛋递给对面座的大嫂,一袋给了阿慧。阿慧立即拿出一只,剥掉壳后,放在了小芹的手上,还说小芹真乖,吃饱了好跟妈妈回家。我们小芹爸爸呀,一见我们的小芹,他的病马上就好了。

后来,志平和阿慧两眼都望着窗外,尽情地眺望着远方雪景,风雪中的梅岭仿佛披上了绚丽的朝霞,显得更加巍峨和壮丽。而只有在南方生活得久的人才知道,那不是朝霞,那是一树树迎着风雪开放的梅花。红彤彤的朵儿,就像刚才送鸡蛋的妹仔的脸蛋,开得那么娇媚,那么鲜艳。

正当他俩入神之际,女列车长来到他和阿慧面前:"你们两位为啥不吃?是不够营养,还是不合味道?为了不让大家饿着,政府部门就发动铁路沿线的军民给你们义务送来,难道还嫌味道不好?"她说时伸手抚摸了两把吃着鸡蛋的小芹。

于是,阿慧站起来赶紧解释:"我们真是没饿,饿了我们也有东西吃。""是啊,上车之前,我就买了好些食品,我们早就吃过了,还没有饿,包里到现在都还有哩!"志平也跟着支吾。

可没想到,对面座上的大嫂却说:"他俩的几袋鸡蛋,都在我和小芹的篮里,他俩让我和小芹吃,领导你说……"

可没想到,同事徐兰又不知从哪儿冒了出来,又给他俩上了一道雪上加霜的菜:"你们不是赶着回去结婚吗?俗话说得好,同船过渡前世修,今天又在一车上,你们两口儿总得表示表示吧!"

至此,挨得最近的几排乘客都听出了一点儿门道,你一言我一语,嚷个不停。

"你们要结婚,好啊!出发之时,我帮家里人买了四条红双喜,如果你们要,我可以转卖两条红双喜给你们做喜烟,堵一堵大家的嘴!"只见一女乘客站了起来,一手挥舞着一条红双喜烟。

知道越闹越不好收场,阿慧用胳膊碰碰志平:"去吧,你把那些拿出来让大家分享了吧!"可他还是没想起自己上车前买了几袋糖果。见他还是没反应,阿慧又说,就是你买的糖呀,她又指着徐兰说:"等赶上你结婚时,我也不放过你!"

经过阿慧一提醒,志平才想起包里糖果:"我都把这事给你忘了,早就该拿出来,让大家分享我们的喜糖。"说着,他伸手拿下行礼架上的旅行包,掏出两大袋奶糖,边撕封口胶边说:"你们也是,要吃我们的喜糖,说明就是了。"他又叫刚才说有烟的女士把烟拿过来,掏出钱买下了。

　　一看到志平又拿糖又是买烟,列车长笑了笑说:"你是怕自己的爱人路上挨饿是吗?你放一百二十个心,难道我们让你们两口儿饿肚子回家,大家说是不是啊?"

　　后来,阿慧和志平只好把两袋糖和两条烟散发下去。除了喜烟,一些糖果却又一颗两颗地飞落到小芹面前的花篮里。

　　走开的时候,女列车长告诉了大家:"前面的道路即将由铁路沿线的军民完全疏通,在下午六点之前,我们一定发车!"

　　下午五点三刻,滞留了三十多个小时的列车终于吼叫起来,长长的汽笛撕破了笼罩梅岭关的寒冬,咣当咣当地带动着车轮,迎着呼啸的北风,载着万家团聚的渴望,像一条巨龙,飞快地驶向美丽辽阔的湘鄂大地。

　　这时,窗外雪花飘舞,仍是一片洁白,阿慧紧紧地倚着志平,望了一眼面前的大嫂和小芹。小芹静静地躺在母亲的怀里,酣然打着呼噜,小小的鼻翼一起一伏,甜美畅彻地进入了梦乡。

　　阿慧怡然地笑了笑,倚着志平,也闭上双眼,深深地呼吸着,她仿佛闻到那一阵阵梅花的飘香。

花开的声音

第四辑

小黑驴的考题

阿根接客

　　这个天气真鬼,刚刚还是艳阳高照,不到一顿饭工夫,就下起了瓢泼大雨,晒得滚烫的水泥马路就变成一条欢腾的小河,蒸腾的热气和雨雾迷迷蒙蒙,沉沉地挡住了众人的视野。

　　不一会儿,两声喇叭声响后,只见一辆乳白色丰田轿车呼呼开来,没有开灯,随着一声砰的巨响,这辆丰田撞在路边的一条石柱上,横倒在水路中间,开车的年轻帅哥费了好大的劲儿才钻出车来。

　　往前不到二十米,是一家士多店,店前挤满了避雨的男男女女,像看龙舟赛似的,一个个嘻嘻哈哈,而一见丰田撞翻在路中,除了吃惊,就是无语,木然地望着翻倒在地的丰田一阵嚷嚷。

　　起初,阿根一直站在人丛的最边上,一双眼睛直盯着来往的行人和车辆,前来迎接多年未见面的表哥。

　　今年春天,姨妈来他家玩,说表哥大学毕业三年了,现在在一家外企当一部门经理,正与老总的女儿谈着恋爱,并约定在五一节结婚。

　　对于阿根来说,表哥还是八年前来过他家一次,阿根又何不想早一点儿见到有出息的表哥呢?

　　昨天,他爸就接到表哥的电话,说他要来此地联系销路,到时一定要来看望他们多年不见的表弟表妹,所以就安排他来接一下,是怕表哥对

花开的声音

路道不熟,更是想让表哥早些认识自己这位小表弟,以后也把自己带出去,混得有模有样,到时也在大城市里找个媳妇。

半小时前,他爸通过电话问表哥的车牌号码,他表哥说,现在已经出发了,阿根就早早地来到这儿等待。

尽管刚进驾校学开车,而凭一般驾驶常识,阿根就早早地注意那翻倒在地的丰田,想看一下牌号,而因前杠受到撞击,车牌落在水里,就一直没有看见,也没有多想。为啥翻倒的就是自己表哥的车,难道别人的车就不翻了?

正要上前,看一看人伤得怎样,阿根已看到那位开车的靓仔从驾驶室钻出来,正要打手机,刚好一道闪电划过天空,头顶响起一阵沉闷的雷声,他气呼呼地把手机扔进驾驶室,转身东瞧瞧西看看。

一看车头损伤不大,那仔吁了一口气,双手使力搬着,想自个把车身搬正过来,看能不能再开,因为还要赶几里路程。

然而,毕竟个人力量有限,那仔尽管再怎样用力,而丰田车仍是一动不动。

雨下得更疾,眼看积水就要漫进了驾驶室。阿根知道,一旦底盘的电路进了水,到时发动车就难了。

暴雨仍哗哗地下,那仔摸了一把迷惘的双睛,望望路边的众人,大伙儿也望望使劲儿搬着车身的帅哥,后来一齐将目光集中在阿根身上。

初看上去,这位帅哥不过二十五六岁,与自己的表哥年纪差不多,穿着雪白的高级衬衫,打着一条蓝色领带,脚上穿着一双崭新时尚的富贵鸟皮鞋。

"还好,只要人没有伤着,就是不幸当中的大幸!"望着那位帅哥,阿根讷讷地说。

去年,开车不久的阿根就已碰到过,自己开的捷达发动不了,那就得请人帮忙,那次他买了好几包红双喜请他们抽,后来给他们推车的每人二十块的辛苦费,人多力量才大,这是连稍稍懂得事理的娃仔都懂的道理。

挽起裤管,他问了一声有没有人前去帮一把,就与几位在此避雨的男男女女深一脚浅一脚地来到那位男仔的面前。

一看有人来帮,这位帅仔只望着他们笑了笑,也没有问阿根一声,你是做什么的,叫什么名字,更没有道一声谢谢。阿根不在乎这,问了一声开车的帅仔受伤没有,要不要去看医生。

这时,大家一起用力,先搬正车身,再一齐使力抬向路中。

与大家一起,阿根吃力地抬着前杠,一边走,还一边大声地吼着:"一,二,三;一,二,三……"

不一会儿,丰田车慢慢地翻过身来,平放在水路中间。

因为多没披雨衣,众人一个个都光着脑袋,在雨幕下干了近半个小时,像刚从水里钻出来一样,全身上下早已浇得透湿。

至此,开车的帅哥一声不吭钻进车里,并插进钥匙,试着打火发动。幸好丰田车的内部零件没有损坏,只是车头外壳有的地方变了形,有些地方脱了漆,他拧了两把,火就打燃了,丰田马上起步往前。

一见丰田车打火开走了,大伙儿相继无语地离开,而只有阿根还独个站在迷迷蒙蒙的雨雾之中,雨水和汗水从头至脚淌入水里,会聚成那条浅浅的小河哗哗地向前奔涌。

这时,阿根看到丰田慢慢地打身边开过,就不经意地快步追几步,伸手敲了敲车窗的玻璃,想问他一声要去哪里。

"你想怎样?"丰田停住了下来,帅哥摇下玻璃,看上去极不耐烦,绷拉着一张煞白的马脸问他。

听到此话,阿根愣了,可没想到,这位帅哥还以为阿根是向他讨要推车钱,就一踩油门了,加足马力,呼啦啦地向前疾驶。

蓦地,阿根这才忽然想起自己是来接表哥,拭了一把雨水,抬眼看了

花开的声音

一眼丰田车尾,扑入眼帘的却是那串印在脑海的车牌号码,就跺脚喊道:"表哥,我是阿根,你的表弟,你不能往前开……"

而在一阵接一阵的雷声滚过,雨越下大,越下越急,呼号的雷雨淹没了阿根的声音,而他的表哥却听不见他这一位表弟的呼喊,加大油门,呼啦啦地向前行驶,阿根两眼睁得浑圆,只见丰田的车头突地往前一栽,车尾一翘,随之便是一声震耳欲聋的巨响,咆哮的清江立即掀起了一道冲天的水柱。

雨仍哗啦啦地下着,阿根呆呆地伫在风雨之中,眼睁睁地看到表哥连同丰田车一头栽进了清江,于是就想,她为啥听不见自己的呼喊,自己日后又如何对姨妈和别的亲人讲这场经过呢?

香　　香

香香来广东打工四年了,人也长得靓,圆圆的脸蛋,个儿高挑不胖不瘦,脑子也好使,文凭先是中专,到广东打工同时又自考一个会计专业大专文凭,先在几家公司做物料采购,后来改做会计。做会计的工资也只有一千多块,与做采购差不多。谁都知道,做采购是肥差事,吃香喝辣自不用说,还有回扣之类的油水可捞,如果企业规模大单多,胆大的抽点油水一月下来收入与一个市委书记差不多。可香香做采购三年多,供货商邀请吃饭也从没破例参加过,别说抽油水捞外快了,一月下来工资是多少薪酬就是多少,腰包里从没多进一块。

香香,老家湖南常德,家里的经济状况也不好,父母都已年老,有一个弟正上大学,她打工挣的钱都供弟上学用。打小她就聪明好学,出来打工,也想混得有个人样儿,瞧人家姑娘,胸佩金项链手戴钻石戒指,心里也有些羡慕,也想在一家公司多做几年,对公司负责,老板给多点工资奖金自己就多点收入,多做几年收入就多了,有本钱就自己做生意。

初到中山,香香是在一家化工涂料厂做采购,溶剂用量比较大,一月下的单是几十万上百万,凭她的伶俐,把佛山几家供货商的价格压得比市场价低许多,给公司俭省不少支出。可那些供货商不高兴,加上营销部总监的小弟一心想控制物料的采购权,兄弟俩串通一气,就叫这两家溶剂商立即停止供货。总监借要货之名,打电话问那几家溶剂商,他们就按总监的意思,说香香向他们索要回扣他们才不供货的,总监向老总一报告,老总也不调查,就叫香香走人。

香香很委屈地离开这家涂料厂,采购权就落总监的小弟手里。她先到番禺一家厂做几个月,后转到顺德一家涂料厂,总算又做了近一年的采购工作。然而,番禺、顺德那两家厂都是生意不景气,货款不能准时付到供货商,她开展工作实在艰难,一想到佛山那两家供货商,为了一吨溶剂多卖两块钱,就说她索要回扣,她一气之下又交了辞职书,决心不再做采购工作了。

做采购三年多,香香早已感到做采购工作的悲凉,自己大大小小的油漆涂料类的制罐、溶剂、印刷、广告喷画等,客户少说也有五十多家,一说自己做上会计不做采购了,差不多的客户一月不到就销声匿迹,就剩下一家广告喷画公司一位业务员还与她保持着联系,也只是打个电话来问候工作是否顺利,稍加有点关心而已。

从番禺到顺德上班后,这位业务员还去顺德看望过她一次,是借老乡的名义去的,而实际他们并不是老乡,见面后只是问候,没有谈生意,

花开的声音

也没说请她以后支持关照,只说是顺道路过来看看。以前她在中山时,他每次送货收了款就走人。有时她打电话他,叫他报价他就传个报价单来,叫他打个样板他就送一个样板来,他好像也没多的话要说,不像别的公司业务员嘴上都抹蜜糖似的。

这个业务员姓王,她叫他王生,听说之前他在粤西一个地方打工,讲普通话,不是广东本地人,看上去三十来岁,穿戴也不整齐,个儿也不高,还不过一米六五,又瘦又黑,见他到自己公司边胡也不刮,是她说的傻乎乎的那种,之前一点没有好感。她在中山时,也只给他下了一单做挂历,还有一单的广告喷画,总共不到两万块的生意。

过去,阿兰也一直没问这个王生以前是做什么的,有时觉得他除人貌一般外,她下单后他就按她公司的要求马上去做就是,再从这两年自己辗转,只认为他不是那种势利之人,也没别的可取之处。她与王生第一次往来,还是2003年12月,老总安排她订做一批挂历,她找了好几家彩印厂,赶上年底做挂历的多,几家彩印厂报价太高老总不接受,她无计可施才再找到一家广告公司,实在老总也催得急,来商谈的就是王生,他的报价比几家彩印厂一幅要低五角五分,老总也接受,她马上下单,六千套挂历一周时间不到王生就交了货。

离开中山之前,她觉得王生做事踏实,下单王生做自己有些放心,就叫他还找一家好的喷画公司做个兼职业务,想把来年自己手里有不少广告喷画给他做。到了佛山后,她也是想把一些广告喷画给他做,无奈路途太远,送货不方便,再又两家老总不想投入多的费用做终端,多的要投放到影视报刊,一个月下来,广告喷画只是说有,而不就三两千块钱的单,这能算啥呢?

现在,香香又回到中山,在一家制衣厂做了会计。她也知道王生还在中山,还听以前的同事讲,王生现在自己做老板开了公司,专门是做广告喷画,还与他们涂料厂长期合作,是新来的老总亲自点的将,已经有一年多了。她曾经工作两年的那家涂料厂,因管理不善,一年前就倒闭了,早已被另一家港资公司收购,生产规模现已扩大好几倍,一月下来至少有好几万元的广告喷画。

一天下午,香香正准备下班,突然接到一个电话,是王生打过来的。她说,自己不做采购了,以后也帮不上她什么的。王生说,这有什么呢,你以前是自己客户,自己只要做一天生意,你就是我永远客户,还问她生活有没有什么困难,有困难就告诉一下不要介意,他一定会帮助的。他还说,一个女孩子出来打一份工也不容易,要受好多委屈,自己以前也是打工深有体会。

一阵感叹之后,香香既悲凉,又很欣慰,又想了许多,先想到以前自己有近五十家供货商,想到为了让自己小弟把持采购权的总监,想到为了讨好总监想多赚钱栽赃自己的那两家溶剂供货商,还有不问青红皂白赶自己走的老总,还有原来涂料厂为什么会倒闭,再想自己与王生做的单还是那么少,看上去人是那么傻乎乎的,两年不到他也能自己开公司,现在是一位不大不小的老板了。

端午节这天,保安给香香提过来一只大袋子,装满了葡萄、梨子、还有南方人最爱吃的粽子,说是一个姓王的先生送来的。香香一手接过捧起,眼泪差点落了下来,以前做采购的时候,电话一个接一个打,今天那个打电话约她出去吃饭,明天这位电话说是找家饭店坐坐,现在自己不做采购手里没单了,就只有看上去还是那么傻乎乎的王生把自己当客户,还记得自己。

感受了采购工作的苍凉的同时,香香也深深地感受到一位普通客户那份朴实的热情,虽然没有酒席上碰杯时的热烈,却仍充满无限的温馨,让自己永远沉浸在那浓郁的醇香里。

小城大事

选举结束,结果阿娇落选,两人就一票之差,问题端端出在阿树身上,他关键时候把手举错了。

因为特别生气,阿娇一跨进院门,将英子一放,就把一肚子火发到阿树身上,一手揪一只阿树的耳朵:"你说,为什么在选我的时候,你不专举右手?而偏偏要举双手,老娘选不上,你身为我的男人,难道脸上就光彩了?"

"你说我没举右手?"阿树脸红脖子粗,知道她会这样追问自己:"你没看见,我举的还是双手?要按理说,我给老婆投的还是双票,只是上级领导说不计票,那我有什么办法,我又不是镇上的领导!"

听到他还在诡辩,阿娇更气,而又无话可说:"我知道你是举了,你千真万确举的又是双手!而上面领导规定,选我就举右手吗?"

"对呀,你难道没看见,我还是举的双手!双手难道不包含右手吗?举双手还不好?别人都说我这个男人多偏心眼儿,死心塌地地向着自己的老婆!而问题是出在上级领导身上,你不服气,找刘主任发火好了!"瞥了一眼老婆,他的一对眼珠咕咕直转:"真是好心当作驴肝肺,连自己的老婆都不理解。"

放手之后,阿娇叹息也一声:"说来也是,我也看见了,你也真是向着我,举了双手,而没想到……"

"就是嘛,哪一个男人不是向自己老婆,还把胳膊故意往外拐啊!除非他是一只拐蹄驴,他才……"阿树望着沮丧的阿娇不转眼,抚摸着自己那对火辣辣的耳朵。

转回身子,阿树来到老婆身后,轻轻为阿娇捶着背:"老婆,还是别怄气了,说来你也有责任,谁又让你在家里说一不二,一切开资应酬,你历来都是要我举双手,要是早一天改观,让我改掉这一习惯……"

没有想到,阿树如此一说,便又迎来阿娇的一副冷面:"你想的倒美,这一条规定永远不能改。下次竞选居委主任,我请晓蓉来帮你填选票,我真怕了你,又怕你到时来一个鬼摸头。你只照看好英子就行,这事再不用你操心,我也省得来揪你的耳朵。选上选不上,家中事儿,还是由我说了算!"

直到这时,阿娇才突然想起英子来,赶紧起身进屋,边走边说"这孩爬得还真快,刚一落地,转眼就不知爬到哪儿去了!"

不见了英子,她又亮开一副大嗓门儿:"领来英子之时,你我都是签了名画了押,你出院门去找找,千万不能让孩子爬到水沟边去!"

刚一出院门,阿树就碰上在中心小学教书的妹仔晓蓉,晓蓉一见,劈头就问自己的哥:"你是不是有意举错手,来专气我的嫂子?"

挤两下眼,阿树嘘一声又道:"你是唯恐天下不乱,还来问这个,你的嫂子刚才还在与我开研究。哥在真菩萨面前就不烧假香,若你嫂子一当选,今天开会,明儿学习,你哥一天累死也忙不过来。如此一来,又有谁来照顾英子?你哥举的是双手,如若不然,你哥的两只耳朵,还不早与脑袋离了婚?"

"哥呀,你一个大男人,你这不是成心拖嫂子的后腿吗?"晓蓉还在为嫂子的落选而惋惜,接着又说:"是啊,英子来到我们家也不容易。从今往后,我也多来帮你们照看英子,不过下次嫂子竞选居委主任,你我一

花开的声音

定要力挺。我说哥呀,我今天就告你啊,你可不能再拖嫂子的后腿了!"

摸了一把鼻子,阿树就说:"我说妹仔啊,你文化知识比哥高,你说我拖了你嫂子的后腿,那你说说,那你嫂子的前腿长的是啥样儿,你哥是她的老公,咋一直还没看到过呢?"

"你……"没想到哥是如此小心眼儿,晓蓉气得跺脚:"你一个大男人,好歹也是一家之主,你还跟一个妇娘婆一般见识?你像一个大男人吗?如此看来,你还真赶不上嫂子,嫂子能去竞选居委会干部,而你呢,你为什么连候选人都当不上?"

听到兄妹说着话,阿娇一手牵着刚学走路的英子踱出门来,并向晓蓉打招呼:"妹仔回来了呀,有什么话,快进院来坐着来说,嫂子还正惦着,妹仔今天咋还不回来,是不是与男友拍拖去了?"

上前一步,晓蓉从嫂子手中接抱起小英子,用指头勾了一下她的小鼻:"快叫姑姑,叫了,姑姑明天就给小英子买一套大花衣!"

甜甜地叫一声姑姑,英子又把目光移向阿树,并叫一声叔叔,还说自己不乖,惹叔叔生气了,伸手想要他抱。

"英子是位乖孩子,没有惹叔叔生气,只是别人不帮你阿娇婶婶投票,才惹起你叔叔生气。"抱起英子,他用胡子扎了几下她的脸蛋,用手指着近前的阿娇问道:"英子你看,你的阿娇婶婶像不像你妈妈?你觉得像,从今往后,你叫她妈妈好不?"

"好,她就叫妈妈!"英子闪着一对黑亮的小眼睛,望着阿娇,甜甜地叫了她第一声妈妈。

不知什么时候,一弯晶莹的月牙儿爬上了树梢,黑黑的院落亮堂起来。

听到英子叫她妈妈,阿娇的气泄了大半,叫一声乖女儿,并从晓蓉手中抱起英子,一把放在阿树的脖子上骑着,叫他就在院子里逗女儿玩,拉起晓蓉就走,说让妹仔教自己使用电脑。

一圈儿接着一圈儿,阿树一边跑,一边咏着那首当地的童谣:"你也走,我也走,我给月亮背背篓,背到仙姑的堂门口,看见嫦娥姑姑在洗头,桂花池水香满头……"

月光下面,晚风轻拂。英子咯咯笑个不停,她那银铃般的笑声,像一串欢快的珍珠,清脆地撒在寂静的小城。

小黑驴的考题

那天下午,小黑驴看见老牛哥哥在路边啃着青草,叫它一声老牛哥哥,说今天我也有一个最简单的考题想请老牛哥哥回答,如果你回答上了,我小黑驴明天就去帮你的主人耕地,你答不上来,那你就去帮我的主人拉磨。

望一眼这头黑头黑脑的小驴子,老牛哥哥也爽快地回答:"你有什么问题只管提出来,咱老牛哥哥奉陪就是!"

两个正说着,白马帅哥又来到了,说自己还是愿意给它们当一个裁判。

接着,小黑驴就得意扬扬地说道:"我的老牛哥哥,那你就回答一下吧,就是放屁的屁字下面有两个小东西,你说哪一个是香的,哪一个又是臭的呢?"

扑扑!小黑驴刚一说完,就听见两声响,还看见白马帅哥面带微笑,十分得意,原来是它放了两个响屁。

第四辑 小黑驴的考题

没有想到,老牛哥哥却心领神会:"我的黑驴老弟,你的命题有问题,你说的那两个小东西,我说要臭都臭,要香都香。不管怎么说,你我的屁都不能跟马兄的屁相比。你我放的一定都是臭屁,而只有我们马兄放的马屁才是香屁,不信,你就另请一个裁判来裁判,要不你自己去嗅嗅!"

随着一声长嘶,白马帅哥扬着两只前蹄:"好极了,老牛哥哥答得相当正确!从古至今,咱就听说只有马屁最香,特别是人屁、牛屁、驴屁最臭。现在我判定,黑驴老弟明天还是给老牛哥哥的主人耕地去吧!"

至此,小黑驴这才觉得自己真是蠢笨到了极点儿,自己搬起石头砸自己的脚,只好去帮老牛哥哥的主人耕了一天地,挨了一天的鞭子。

过半个月,小黑驴看到白马驮着一位美丽的女老总路过,忽然来了精神,忙拦着白马帅哥道:"你停下来玩了一会儿再走,我也要来考一考你!"

"你没看见是吗,我驮的可是我家最美丽的公主,她可是一位女老总,你就不怕她骂你这一头蠢驴?"瞅了一眼小黑驴,历来清高的白马帅哥不屑一顾。

因为前次输了,而都是白马帅哥做的裁判,会不会是它与老牛哥哥合着伙儿来修理我小黑驴呢?

于是,小黑驴这天就想耍一回横,出一口怨气,说我小黑驴今天就是来找你的茬,你若耽误了女老总的生意,她还不照样抽你的鞭子,骂你是蠢驴。哪怕骂的是我小黑驴,咋也心甘,反正是被人骂惯了,背着不少骂名。

真怕小黑驴没完没了,白马帅哥只好停下了脚步:"你这一头蠢驴,有屁就放,没屁事就请滚蛋,不要挡道!"

没有想到,小黑驴还真一步不让,一摆细长的尾巴,将身子横在路中:"白马帅哥听着,我马上给你提问,你回答对了,我帮你驮送女老总去谈生意,你回答错了,那就得帮我的主人家拉磨去。我就知道,你与老牛哥哥前次合着伙儿来修理我,今儿你的黑驴老弟就是要来考你一回,让你也出一回丑!"

听到小黑驴的话,骑着白马背上女老总笑得前俯后仰:"小黑驴呀小黑驴,你就快说吧,到底是一个什么问题,你可别耽误了我的生意,要是真误了我的大事,姑奶奶我到时一定饶不了你。"

"是吗?"小黑驴装腔作势地咳了一声道:"我提的问题的确是十分复杂,下面就请白马帅哥一定听好,不过我还是提醒你一句,你想好才回答,答错了,你就得去帮我的主人拉磨!"

"你有驴屁就快放,别耽误我的时间,看是什么复杂问题,还难得住你白马帅哥?"白马帅哥急了,感到十分讨厌和不耐烦。

嘘儿了一声后,小黑驴就开始提问:"从字的两个人,一说起来你比我更加明白,那就是二人的意思,你说,它们二人当中,哪一个是女老总,哪一个又是男秘书呢?"

"放你的驴屁!"历来清高的白马一听小黑驴拿如此简单的问题考自己,哼一声道:"不就是像那蠢字下面的两只虫虫一样,前面一只是公的,就是男秘书,后面一只是母的,肯定就是女老总啦!"

一见白马的回答,小黑驴哈哈大笑:"我的白马帅哥,你也有今天,看来你比我的小黑驴还要蠢!你如果认为我说得不对,骑在你背上的女主人,她可是一位女老总,要不,你请她来帮你回答!"

至此,白马背上的女老总笑得更是前俯后仰:"亲爱的白马帅哥,你真是答错了,大概是你忘了,秘书随时走在老总的后面,开会是这样,老总坐左边,秘书就坐右边,看来你真不是当男秘书的材料,因为你颠倒了主从的位置!"

"是吗?我真答错了?"白马帅哥抖抖鬃毛,嘶叫一声:"真没想到,我白马帅哥会有今天,竟被你小黑驴耍了一回,叫我以后咋抬得起头来?"

后来,美丽的女老总爬上了小黑驴的驴儿背,喊一声驾,小黑驴迈开四蹄,驮着她优哉悠哉地下了山。

一想没有答对问题,白马帅哥又气又恼,咱为啥会败在一只小黑驴

花开的声音

面前,又看到女老总骑着小黑驴的兴奋劲儿,心里更不是滋味儿。

对面山头上,老牛大哥看到白马帅哥无精打采,幸灾乐祸地打着响鼻:"我亲爱的白马帅哥,我就知道,你一定有失蹄的一天!"

小 牛 攻 关

那天下午,首先进入天成生公司采购办公室的是天马公司的小张,她一进去,就使出了自己惯用的招数,暗送秋波,投怀送抱。接着便是天生公司的小陈、天成公司的小郑、天天公司的小王相继进去,她们和小张一样,放电的放电,塞红包的塞红包,并暗示一旦生意要是做成,还有一笔可观的回扣。

最后一个进去后,小牛一看接洽的是一位老手,透过对方那对厚重的镜片,他觉得自己一定不是他的对手,既然不是对手,那就来一个以不变应万变,反正李总交给自己有一张王牌,谈成了就多做一笔生意,即使商谈不成功,掉一单业务,大不了就当是多走一家客户,兴许日后还有机会。

"为啥天圆公司派位傻乎乎的小子来?"接过样品看了看,这位自称莫经理的老者抬眼把小牛打量了一番,看到小牛一副拘谨傻乎的样儿,大跌眼镜:"难道他们不想与我谈生意?要不就是想到拿不到这单生意,派他来走走过场,没有把咱的这单业务当生意?"

一顶架在鼻上的黑镜框,自称姓莫的老者冷冷一笑:"你也看到了,前面几家公司都是派美女来商谈,那是多么专业和用心,还带着红包,并许诺给我高额的回扣,而你们公司为什么不这样做?"

"我天圆公司从来就不是靠红包、回扣来开拓市场。我们公司要是真给你的红包和回扣,而我公司为了多赚钱,在给你的产品材料上、工艺上做一点儿文章,那你敢下单交给我们生产吗?"嘿嘿一笑后,小牛不慌不忙地回敬姓莫的老者。

哼了一声后,自称莫经理的老者又说:"你报的是价,而我还的价才是钱,你难道连这点儿都不明白?红包、回扣是人家许给我的,要不要是我的事情。你既然是代表贵公司来和我谈,那你总得要拿出一个诚恳的姿态来吧!"

"怎么会是这样?"因为是第一次谈生意,小牛摸了一把额上的汗,字斟句酌地说:"我是派到贵公司来的代表,样品在这儿,价格你说了算,谁叫顾客是上帝呢,那请莫经理砍价吧!"

"你的报价太高了,你不降价不说,连红包和回扣都没有,哪有这样来谈生意的?"莫经理那深邃的目光却一直停留在小刘那张傻乎乎的脸上,仍然是不动声色。

再次一听到对方提到红包和回扣,小牛觉得对方是在引诱自己亮出底牌。而对于一位刚刚参加工作的小牛说,他当然摸不到人家手中的底牌,可如此一来,也让这位老谋深算的莫经理摸不到他的底牌了。

一看过五点了,莫经理起身说道:"我现在就给你一个价,每套四块五!而前提就是,按样品的质量交货,开十七个点的可以抵扣税的增值税发票,没有意见,我马上与你签合同、打预付款!"

"一套砍掉一块,还要开十七点的能抵扣税的增值税发票?"嘴里一说,小牛拿出手机开启计算器算了算:"增值税发票税率十七个点,总额四十五万,你们可以拿去抵扣税费,那我们公司就为你们担了六万五千多块的税费,莫经理的算盘打得够精了。既然是互惠互利,我

花开的声音

天圆公司钱赚不上了,赚上人气那也是赚!"

这时,他就看到莫经理拿起手机,叫对方马上打印三份订购合同盖好合同专用章送到采购部来,而送合同的女士一来,就轻轻地叫了他一声马总,递上盖章的订购合同后就出去了。

一听来人叫莫经理为马总,小牛就想:"你只要把这份订购合同单签了,我就让你蒙一回又有何妨?"

望了一眼小刘后,自称是莫经理的马总马上签了字,再递给小牛签:"你回公司盖上公章后传真一份,一收到传真,我马上安排财务打预付款!"

一看乙方的合同专用章下面经办人是马某某三个字,小牛扫视了一遍合同的条款,还可以收取百分之三十的预付款,就在甲方公司下面签上自己的大名和日期。

"李总,我们终于抢到了!单价六块五一套,先订十万套用后再订。对啊,就是我们公司压着的试制品,他们不要我们免费赠送,只是要开十七个点的增值税。不错,我们已经签订合同了,还有百分之三十的预付款!"一出天成公司大门,他马上打电话向李总报喜。

奇异的掌声

随着一阵掌声响起,一位珠光四溢的女大明星在前,两排鼓掌的小明星在后,翩翩登临彩灯四射的舞台。

声乐奏起,掌声雷动,如海如潮,全场地动山摇,仿佛有十几对猪马牛的蹄掌在鼓面上擂捣。

鼓励一下,请大家来一阵掌声!

声乐一停,没有掌声,全场上下除了响着几声小明星的惊叫,还有就是大小明星自己跺跳的脚掌声,别无其他声响。

观众甲一听,感到莫名惊诧。为什么要我们观众鼓掌啊?

甲身边的乙说,哥子,要学着点儿,你我长着一双手,一是用来劳动,穿衣吃饭,而在当今,手的作用变了,最为重要的第一大作用,就是要用来为人鼓掌。

我不会!甲说。

乙已接过话茬。不会有何关系,只要肯学,一学就会,并日渐精通。光临明星演唱会,就是要鼓掌喝彩,一旦成为明星的粉丝,兴许送你一幅签名不美死你才怪哩!

声乐渐停,女大明星妩媚一笑,扭着腰,晃着屁股来到台前,看那架势,就像真有礼品抛下台来似的。

元旦马上到,送一张贺年卡,当然不算高要求。

她一张嘴,手一扬,没有礼品飞下舞台,说是为台下的观众煽情,请大家鼓励我们一下,来一点儿掌声!

接着,小明星跟着大明星,甩屁股抛媚眼,就是不见有礼品扔下来。

可是,台下一下停止了喧嚣,显得出其地清静,没有一观众鼓掌。

看来这班明星都是太抠,要么是与观众一样穷。她们不送礼不说,还要我们观众奉献一阵掌声,好像观众欠她们掌声似的。

好啊!好啊!

掌声又起,歌舞飞扬,台上大小明星,手舞足蹈,脑袋摇得像鸡啄米。大明星双手抱一条话筒,歌喉像一只老母鸡下了蛋,哦哦哦哦地唱,一班小明星双掌一张一合,好似在鼓掌。

花开的声音

她们为谁鼓掌？甲又问乙。

肯定是欢迎我们观众！

一看台上的明星,她们哪儿是在欢迎我们光临她们的演唱,分明是为自己的表演鼓捣掌声,欢迎是不假,而是欢迎我们观众的掌声。

甲大声地呼喊起来：兄弟姐妹,我们卖力一点儿好不好？我们一齐为台上的明星鼓掌加力！

OK！

顿时,台下一片欢呼,声乐音量加大,大小明星停止演唱,热烈的掌声突然变换了节奏,她们一个个脸色突变,因为这些掌声不是来自大家的手,而是来自他们的脚。

咚嚓,咚咚嚓,咚嚓,咚咚嚓……

瞎 爷

瞎爷本姓王,因为小时候多病,他娘让他认了一个姓柳的叫花子叫干爹,于是改姓柳,弟兄当中排行最小,同辈儿就叫他瞎子,小字辈儿管他叫瞎爷。

可是,瞎爷的眼并不瞎,平时看人都爱眯着,好像睁不圆一样,但在全村就数他的胆子最大。村子里每过一段时间就要闹一次鬼,只要瞎爷操起砍斧胡乱地劈一阵,至少就要管个一年半载。一有时间,他就在同辈儿面前显一显胆,说自己向来就不怕鬼,鬼见了自己都要绕开走。

一年夏末,滔滔的洪水淹没了瞎爷居住的村庄,十有八九家的房屋倒塌,庄稼被淹。而奇怪的是,滚滚的洪流涌至他家门前十丈远的地方便开始退落。虽然庄稼被淹,而瞎爷一家人畜却安然无恙,看来还真有神灵在保佑。

但是,瞎爷一家八口,一日三餐没有三五斤米面就没法开锅,而在那个年月,国家只按每人一天下发半斤救灾粮,即使顿顿有,那也是稀粥一碗。加上娶媳妇添丁添口,又上了一把年纪,自己不能干木活,家境也好不到哪儿去。

话说回来,身处那个年代,生活再好又能好多少呢,不是天灾就是人祸,不饿死就是不幸中的大幸。

然而,尽管洪水没有冲走他家的人畜,但还是给瞎爷带来了一场比洪灾要严重得多的灾难。本来就身子骨软弱的瞎爷女人就一直就卧床不起,他请来一个姓刘的"活神仙",尽管说尽了好话,烧了半箩纸钱,而最后还是被判为饿死鬼,把她接上了天堂。

由此一来,瞎爷一家就变成了八口,煮饭、洗补,一齐落在了大儿媳秀芝身上,每顿米面一下锅,一家大小就绕着锅台转。掌握着一家的锅勺大权,秀芝一揭锅盖,老二老三抢勺子夺碗,老大干脆把碗伸进锅里自己舀,有时还大打出手。

为了活着,瞎爷也不得不加入这一场灶台争夺战,因为手脚不灵便,吃败仗当然就是他了,艰难的生活早就把老人折磨得直不起腰来。而这还是好的,邻县的姐夫一家八口,去看发大水后,三个月不到就饿死了三个,儿子的姑姑就是饿死的。

记得一次,瞎爷抄起碗抢先赶到灶前,却被老二老三挤到了一边,两行浑浊的老泪扑簌簌地落下来。儿子儿媳争着上前,你一碗我一碗。瞎爷却独自溜出灶屋,哀叹几声后,就瘫倒上那一把破凉椅。

花开的声音

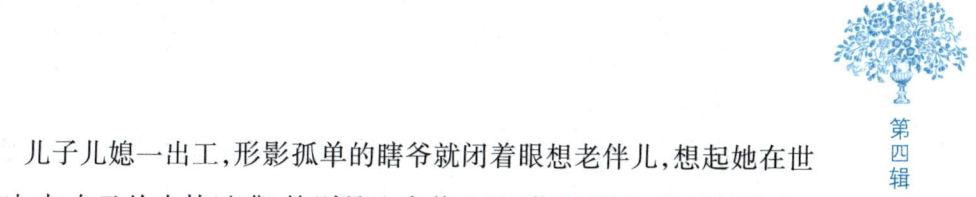

儿子儿媳一出工,形影孤单的瞎爷就闭着眼想老伴儿,想起她在世之时,与自己从未拌过嘴,特别是吃肉什么的,你夹给我,我推给你,可等儿子一长大,反没了自己的份儿,时而咕咕地问老伴儿,这是一种啥生活,你什么时候才把我接去?

一天晚上,大儿媳一揭锅,瞎爷不待儿子儿媳上阵,先盛一碗搁放一边。儿子儿媳莫名其妙,问爹这是为何。

瞎爷一边用衣袖擦拭浊泪,一边理直气壮地吼道:"我还不是为了你们娘,你们不是不知道,她为了你们,甘愿自己活活地饿死,也要你们多吃,快快地长大成人!"

看到父亲凶巴巴的样子,三个儿子只好瞪眼退阵,等老人盛上一碗后再盛,谁让自己是儿子呢。

夜幕降临,瞎爷端着那碗"水饭"出门,窸窸窣窣地来到老伴儿的坟地,四下一瞧,没有人影,他就用手将"水饭"往嘴里扒,边扒饭粒边叨着:"老伴儿,咱俩来打个牙祭,我吃干的你喝汤!"

扒尽饭粒,洒下水,瞎爷拿着碗悄然地转身离去。每次回去后,大儿媳秀芝就对公公说:"天这么晚了还要出去,摔了又咋办?"

又一天晚上,月黑星稀,瞎爷还如往日一样,离老伴儿的坟地还有两丈多远,他就自个开始叨念。

"老伴儿呀,我又来看你了,给你带来吃的,还是我俩打牙祭吧,照样是我吃干的你喝……"

"那怎么行!"没等瞎爷说完,坟边却突地冒出一个女人来,披头散发。

不是自己老伴儿的阴魂,难道还是别的孤魂野鬼?瞎爷一见,浑身发抖。深更半夜,又有谁还待在这坟地里?吓得魂飞魄散的瞎爷一扔土碗,撒腿就逃,一脚踏空,摔了一个狗啃泥,爬起又跑,再次摔倒,连滚带爬地蹿向家门。

一见老人失魂落魄,大儿媳秀芝从老人身后的黑暗中走来,一把扶起摔倒在地的瞎爷,凄然地叫了一声:"爹——"

这时,三个儿子也赶来,一齐将老人扶进房间躺下,向来胆大的瞎爷就此开始口吐白沫,胡言乱语,还说自己看见老伴了。秀芝又立即召集大家开家庭会,说爹病得不轻,是不是中邪了,要大家赶紧想办法,并叫他们三兄弟四处求医找药。

瞎爷死后,三个儿子一滴眼泪也没落,只有大儿媳秀芝呼天又唤地,哭得像个泪人儿似的。每到过节或老人的生日,她再缺钱也买上几叠纸给老人烧去。每次烧纸的时候,她都是边烧边念叨:"老爹可不要吓我哟,我一定多给你烧钱……"

后来,秀芝再也不敢在晚上一个人出门,还做了好长一段时间的噩梦。

还是草根好

大学毕业后,一直以官二代自居的了了只好自个联系工作。要是在从前,只要身为市长的老头子一个电话或一张条子就可解决问题,哪得要自己跑上跑下,跟着一些局长、科长的屁股转。

开了几年的法拉利被没收了,他只好开着仅有的一辆保时捷来找市人事局的马琳局长,以为这位当年由老头子一手提拔起来的老下属一定会关照自己,拉上自己一把。

一听说了了与老市长有瓜葛,而这位马大局长一直讳莫如深,就说你是名牌大学毕业不假,而现在聘用国家工作人员,一定要参加全国公务员考试,如果说安排了一名非公务人员,这就是在搞徇私舞弊,要是上级一查下来,自己这个局长的饭碗可就不保了。

"我一定按照有关规定帮你报上去,只要讨论能够顺利通过,我第一个就安排你,并马上通知你。谁让你是咱老领导的亲生儿子呢!安排大学生就业,这也是我们的职责所在嘛!"他临走的时候,这位女大局长又如是说。

可是,他一等就是半年多,心里闷得慌,觉得实在不能再等了,因为父母的缘故,他又只能如此,日后的生活道路得靠自己来走,谁叫自己又摊上这样的父母呢?

一天上午,他来到市第一特别监狱,一到就直向老人家诉苦,说儿子现在找工作是何等何等地艰难。

长叹一声后,昔日威风八面的老市长感慨万千:"过去我在台上的时候,要风有风要雨有雨。现在是风水轮流转,他们竟然如此对待我的儿子!"

"是啊,这就叫人走茶凉。你当市长这么多年,还不明白这个道理?"站在窗口外面,了了满目凄凉,紧紧地攥着老父冰凉的双手。

看到了了绝望的神情,老市长又给他打气:"你别悲观,我有的是办法,看来我儿子的工作问题,还得要我这个坐大牢的老头子才能解决!你去找过人事局长马琳没有?"

"我当然找过她了!我看还是算了吧,你都这样了,帮不帮是人家的事儿!"看到老头子信心十足的样子,了了无不哀伤地宽慰着老人。

"你直接找过她?"精神饱满的老头子却一字一句地说:"那你没有告诉她,你是我的儿子!"

"我早就跟她提到过你,可你现在是阶下囚,她不办你又能怎样呢？"一看老头子不服输的样子，了了苦苦地摇了摇头。

"你不带我的条子行吗？"要了一张白纸，连名字都不写，就折成一个三角块交给了了："你再去找这个马琳，把这个交给她。她问你要啥工作，你就实话实说。你再去找找吧，一定没有问题！"

正在这时，监狱长来到，说时间到了。

"这能成吗？"告别老头子后，了了一边走一边想，手里紧紧地攥着老头子折的三角纸块儿。

"老市长的事儿就是我的事儿？你想要一个啥职务？"一见老市长出手了，这位马大局长边说边给了了倒水。

"只要是带长的就行！"一看老头子的白条子还真管用，了了就随口一说。

打了一个电话，马局就说："你明天就到XX县城建局报到，任干部股的副股长，老头子这下该满意了吧？"

"还行！"了了说完就走，马上准备赴任。

过些了日子，了了来到第二特别监狱，一到就对老妈说："你儿子现在工资低不说，在单位还受排挤，都快过三十了，可身边至今连女朋友都没有！"

"我有位下属的千金长得不错，我进来时她还在读研，这难道还要坐大牢的老妈来帮你？"打了一下儿子的手，女老部长恨铁不成钢地说。

后来，老部长也要了一张纸，连名字也没写，折成四方块，了了按照走时老母亲的嘱咐，一找到刘局长，马上将方纸块递上。

"你就安心上班就是了！"看到他出门要走，刘局长又和蔼可亲地说："与周局长千金的事儿，你准备就是了，其他事儿我来替你张罗！"

订亲的晚上，了了带着周局长的千金来家里，先到老妈过去住的房间，女友不经意地拿起一本笔记翻了翻，一张泛黄的照片落在了地上，这位局长千金于是十分纳闷儿，这不是我爸年轻时的照片吗？我可还是第

花开的声音

一次看到,怎么会在他妈的房间里收藏着?

"真是年轻时周局长!"了了捡起黑白照片一看,上面的年轻人竟然与自己长得一模一样,下边有一行字太小,看上去模糊不清,边沿呈邮票一样的半圆小齿,看来时间的确不短了。

后来,了了又在老市长的书房间一本书中也找到了同样一张泛黄的照片,一位帅气十足的英俊小伙子身边站着一位少女,是在北大荒时的马琳,现在是刘局长的夫人,一直没有生育。这难道说,老市长年轻时与马大局长还有一层特别关系?

没过多久,了了突然又被有关部门带去接受调查,连保时捷也没收了,他对审查的人员说:"我与老市长根本没有一点儿血缘关系,我这个官二代是假的,你们该没收的早就没收了!"

"可你与过去的刘局长和马局长有血缘关系,你的工作就是你的亲生母亲马琳违纪给你安排的吗?"见了了一点儿不知自己身世,而审查人员就给他提了一个醒。

本来,他还以为,只要不是老市长的儿子就可以避开审查了,但又哪想到,却又因刘局和马局的落马而受到牵连,并再次接受调查。

"这到底是咋一回事儿?"了了想起在老市长老部长的房间看到的照片,就对几位审查他的工作人员说:"我这个官二代没有存款,没有别墅,没有名车,要算只能算是一个草根官。我现在实在太渴了,你们你们就给我来一杯卡尔斯顿吧!"

仔细一想,父母是父母,自己是自己,就说因为父母的关系而接受调查,总算没有跟着去坐大牢。一声长叹之后,了了又自言自语地说:"谁叫我是他们的儿子呢?草根又有啥不好?要吃饭要生活就得要工作!"

调查结束后,他又获得了自由,一看有好些官二代随着父母的倒台而跟着入狱,觉得还是自己这个草根好。

神奇的小蜗牛

看到小蜗牛那么微小,不可一世的汽车嘟嘟地开到一只小蜗牛跟前:"小蜗牛,瞧你这副小样儿,你还不快滚,否则,我把你碾成肉泥!"

可是,过了好阵子,而小蜗牛一动未动,仍呼呼地睡自己的觉,根本没把汽车放在眼里。

一看到小蜗牛无动于衷,汽车又大声怒斥:"你这该死的小蜗牛,再不滚蛋,我就碾死你,看你还能搬起一个石头把天打破!"

"你吼什么吼?别干扰我睡觉!你别以为自己就能,你不就是一辆破汽车吗。瞧你这副模样,好像在整个世界就你跑得快?"不知死活的小蜗牛伸了伸了懒腰,还真与汽车较起了劲儿,倒头又睡。

"嘿嘿!"听到小蜗牛如此一说,汽车大吃一惊:"瞧你小蜗牛还比我汽车还牛,你是想与我比试比试?那好啊,那我们就比一比看谁跑得快?"

"是真的吗?比就比!"小蜗牛伸了伸触角,还是一点儿都不示弱,看来是发了疯,还真要与汽车来一个高低,其结果不是明摆着嘛。

于是,汽车一边吼叫,一边呼啦啦地往前开,心想我就是让你先跑十年八年,我也追得上你小蜗牛。

开了一段路,汽车停下一看,却惊奇地发现,右前轮前面躺着这只不

花开的声音

过一颗葡萄大小的小蜗牛,咋会是这样,第一回合自己就比输了。

接着,汽车又呼啦啦地往前开,开了好大半天,里程比前一段远了十公里,而刚一停下,它又看到自己左前轮前躺着一只小蜗牛,仍像在打瞌睡,看来自己又比输了。

为何是这一种结果呢?

而后,气急的汽车又加足了马力,跑啊跑啊,足足跑了一天一夜,而刚一停下,却仍看到那只小蜗牛躺在自己的前轮前面,结果还是自己输了。

看到汽车不服输的样儿,小蜗牛懒洋洋地说:"怎么样,你不服输是吗?那好,咱们现在又比一比,看谁的力量最大。"

"好啊,咱俩又比一比!"小蜗牛的话正中汽车的下怀:"我就是不信,咱汽车还赢不过你这只小蜗牛!"

伸了伸懒腰,小蜗牛就说:"那好,咱俩就来一次生死大决斗,也就是说,不是你死就是我亡。我就不信,咱一头小蜗牛还顶不翻你一辆破汽车!"

如此看来,小蜗牛真是发了疯,简直不知死活,连一只小牛的力量都不如,它还要与汽车拼一个你死我活,如论是从体形和自身力量,汽车那都是它的亿万倍,你说它这不是自不量力又是什么呢?

琢磨了大半天,汽车觉得自己已经做到了万无一失,绝不会输给这一只小蜗牛,就加足了马力,呼啦啦地向小蜗牛开压过来。

与此同时,汽车还假惺惺地问:"小蜗牛,你在哪儿?还好吗?"

"谢谢汽车,我在你的轮子下面,悠着哩!"小蜗牛还真没死。

碾压了一阵,汽车停了下来,来到右前轮前一看,果然看到小蜗牛躺在一条水泥路的伸缩缝里蠕动着,精神着,还探出一对细小的触角,好像是在嘲弄自己。

一看小蜗牛钻出来,汽车又开起来,追着它拼命碾压,一定要赢它,要把它碾死,碾得它粉身碎骨,不要让人们小瞧了自己这辆大汽车。每碾压一阵,它就问一声小蜗牛在哪儿,而小蜗牛就悠然自得回答说,我好舒坦,现在正想睡一觉哩。

可是,天都快黑了,而汽车还是没能追碾上小蜗牛,正感到有些气馁,突然听到小蜗牛哎哟地叫一声,它加满油门儿,呼呼地往前碾压过去,正要说我让你小蜗牛去死吧,突然觉得身子不停使唤,轰轰隆隆地栽下路边的一道黑黑的深沟。

不知过了多久,汽车才发现自己躺在一道沟里,浑身上下疼痛不止,大梁弯成一只大弓,两个前轮摔飞了不知去向,前面的眼睛早碰瞎了,肚子也穿了孔,一箱汽油早淌尽了,并随着沟水漂流到了远方。

忽然,汽车感到有一种小东西在遍体鳞伤的身上爬来爬去,痛苦地问了一声:"你是谁呀?"

嗡嗡两声之后,它听到一只苍蝇调皮地说:"你连我都不认识了,看来真是摔晕了头!我是苍蝇小妹妹,刚才接受小蜗牛哥哥的委派,前来探望你一下,回去之后,我们就打紧急热线,叫拖车或急修工来!"

"我咋这么差劲呢?"汽车像一只斗败的公鸡,无精打采,一直就想不明白,为啥就斗不过一只小得不能再小的蜗牛。

不远处的路上,小蜗牛哈哈地嘲笑着:"你汽车算什么,我小蜗牛不是吹牛,你现在都尝试到我小蜗牛的真本事了,不用吹灰之力就能顶翻你。不是我自己说,别说是你,就是天上的飞机又怎样,我说打下来就打下来!"

"你就吹吧,看你还能把天吹破了!"汽车还是不信小蜗牛还有如此巨大的能量,但又有些惶惑,自己为啥就栽倒在小蜗牛身上。

这时,苍蝇凑到汽车耳边,嗡嗡地说道:"汽车大哥,我知道,咱小蜗牛哥哥是怎么搞翻你的。你翻车之时,不是听到它叫了一声吗,那是它使的苦肉计。谁叫你那么粗心大意,你连方向螺丝松了快掉了都不知

花开的声音

道。我可是看得一清二楚,它用它的那对触角,顶掉了你那颗快掉的方向螺丝!"

"什么,是它顶掉了我的方向螺丝?"听到这些,汽车大惊失色。

不久,Y国一家军用飞机在执行任务时突然坠毁,找到黑匣子后,Y国军方才查明这起失事的主要原因,那就是有一只小蜗牛钻进了气舱。

第五辑

天下无匪

喊　魂

明月村有一怪习,谁家的小孩落水或摔了跤,家中的大人就要为他们喊魂,说是受了惊吓,魂魄吓跑了,父母爷奶一喊,阎王老爷不敢收留。大多是由一位大人在村口大声呼喊小孩的奶名,另一位就拉着或抱着小孩一边回应一边往家走,说是孩子到家了,魂魄就回来了,要不间断连喊三晚。

那次,强强偷偷下河洗澡,由于不会水,差点淹死,一连三个晚上,他妈在门口站着,一边大声地喊着:"强强啊回来哟,强强啊回来哟!"他由老爸牵着手,沿着河边走边回应:"回来了!回来了!"

不到一月,同村的华华上学过长青河时,上游下雨发大水,一下子将背他过河的刘老师一起卷冲走好几丈远,华华活了过来,夜幕一落降下来,强强就听到华华娘站在村口为华华喊魂,由华华爸应答。

听到华华娘为儿子喊魂,强强就想起了刘老师,心中有些不是滋味儿:"刘老师被大水冲了很远,为什么没人为他喊魂呢?"

后来,强强问华华,你听到你娘给你喊魂有什么感觉,华华说不出,强强也说自己也是一样,没有一点儿感觉。

上月中旬,教强强、华华的刘老师又背送孩子回家过长青河,却又被上游突然冲来的大水卷走,快半月了,连尸体都没有找到。

花开的声音

因为没老师,强强他们停了课,老妈就对强强说:"你晚上万万不可出门,就待在家里写作业,等新的老师来了,我就送你去上学。"

还没到天黑,老妈就把强强挡在屋里,不让出门,可是等到两口儿收拾完地里的活计,却一下就不见儿子的踪影。老妈跑到奶奶家,还是没有找到。老爸问婶婶看到强强没有,婶婶直是摇头。

来到村长家后,强强妈不问还不急,一问急得直跺脚,原来村长家的大林也不见了。

"这些孩子跑到哪儿去了呢?"村长娘子催问老公:"村里一下丢了这么多的孩子,你这村长是怎么当的,为何还不派人找啊?"

焦急万分,强强妈由老爸带着,四周寻找,而天已大黑,还是没有找到,奶奶咕咕叨叨地不停地奔走,找了东家问西家。

天一抹黑,全村的大人都在寻找自家的孩子,四下回响起孩子父母急切的呼喊,叫着他们的奶名,声音是那般急切,回荡在这个偏远、寂寥的山村夜空。

后来,村长向乡派出所报了案,说全村三十多个孩子一下子都不见了,请他们帮忙寻找,派出所的陈指导员马上通知集合明月村的民兵,连夜寻找,说一定要找回大家的孩子。

山村的夜晚,繁星点点,显得出其的静谧,远方隐隐传来各家父母喊着儿子、女儿的名字,声音此起彼伏,紧紧地扣着父母的心弦。

夜已至深,陈指导员带着一班干警和民兵一赶到长青河畔,一下就被面前的景象惊呆了,全村三十多名孩子一齐在河边焚烧纸钱,还分成男女两队。

男队一边烧纸,一边喊着:"刘老师,你快回来吧!"

"回来了回来了!"女队一边烧纸一边回应。

一听到孩子喊着刘老师,陈指导员才想起,他不正是两天前被大水冲走的刘千秋吗?

看到燃烧纸钱的火光,还有火光映红的一张张企盼的目光,陈指导员明白,他们是在为自己的老师喊魂。

但是,说来这是一种迷信,而他却没有勇气上前制止,自己的胸膛,早已被一颗颗淳朴的童心深情地呼唤而震撼,马上叫两位民兵立即先回村子报信儿,说孩子找到了,个个平安,过一会儿就护送他们回村。

夜已很深,美丽的星星缀满这一片广阔的天空,圣洁的月辉静静地抚摸着这一片古老、偏僻的山水。

过了半夜,孩子们一个个默默无语往家赶,他们也没有发现,陈导带着民兵悄悄地跟在后面,一直把他们送到村口才一声不响地离去。

回到村子,孩子们看到自己父母、爷爷、奶奶一齐聚在村口的那座土地庙前,插上香烛,将一札札纸钱点燃,个个嘴里念念有词。

院门就在面前,强强看见奶奶,还有爸爸、妈妈正要出门,手里掂着纸钱香蜡,知道他们要开始做什么。

因为怕挨骂,他想绕到一边走,不想让父母看到,远远地听到妈妈的呼喊,"强强呀回来哟!"

"强强回来了,我回来了!"不待老爸回应,他边回答,边往爸爸、妈妈、奶奶面前窜,把走在前面的爸爸吓得倒退了几步。

过了一天,强强妈就接到通知,说孩子可以上学了,想来是新来的老师到了,孩子们又有了盼头。

那天一早,强强一跑到操场,远远地看到刘老师站在学校的大门前,身边站着一位公安民警。

看到刘老师安然无恙地回来,强强一头扑进刘老师的怀里:"老师,这是真的吗,你真的回来了?"

"强强啊,是真的,完全是真的!是你们把我的魂魄喊了回来,阎王不要了,叫我还是回来教你们!"刘老师十分激动,抚摸着他那圆圆的脑袋。

花开的声音

而后,刘老师指着身边的公安民警说:"大水把我卷冲后,我被下游一位老伯救起,住进了一家医院,就是你们这位陈叔叔,连夜打电话给县公安局,要求公安局派人到下游四处寻找,他们把我一找到就送了回来!"

出 其 不 意

一道巨浪劈来,船身曛曛地摇晃起来,准备开船的马哥两手禁不住一阵颤抖:"飘哥,我咋感觉今晚与过去不一样,今晚风浪这么大,我看等风浪小些再开船吧?"

"你怕了是吗?我带你在海上一闯就是四五年,啥时候出过差错?就因为今晚风浪这么大,缉私人员早睡大觉去了,咱老飘这招就叫出其不意。"知道马哥对自己忠心耿耿,老飘拍了拍马哥安慰:"我的马哥,我带着你再大的风浪都闯了过来,难道这一次还怕翻船了不成?"

定了定神后,马哥开启了马达,轰隆轰隆地开着这艘满载美国香烟的大货轮顶着漆黑的夜色,迎着巨大的风浪向北驶去。

可不知怎的,这位马哥心里还是一点不踏实,特别是一道巨浪打来,马哥把舵的双手都要抖索一下。过去也经历过无数次这样的大风大浪,而都一直没有这样的感觉。

约莫行了两个小时,马哥突然发现前方的海面上有一星亮点,便叫醒了老飘。老飘操起望远镜一看:"我说马哥呀,你咋如此神经,那可是航标呀!"

一看风浪比出发时更急更大,凭着自己在海上的经验,像这样大风大浪的夜晚,缉私人员根本不会出动,老飘觉得这是千载难逢的大好时机,又回到钢丝床睡了过去。

过了一会儿,把舵的马哥又发现前面有灯光,又叫醒了老飘:"飘哥,前面好像有一条船!"

又拿起望远镜一望,还真是一条船,老飘接过轮舵开起来:"我说马哥呀,今晚到底咋啦,你害怕啦?"

"咱反正觉得心里不踏实,怕是有事情要发生。"望着把舵的老飘,马哥边说,边用双手抱紧身子,浑身颤抖,像是打摆子。

说时,又一道巨浪劈来,随着一声轰隆巨响,大货轮突地一沉,接着又一阵剧烈地摇晃,就像颠翻了一样,先是跌到浪谷,接着又掀上了浪尖。

伸手摸了一把马哥的额发,发觉特别地凉,老飘于是叫马哥去休息,自己亲自把舵开船。

一看一道巨浪接一道巨浪劈来,马哥对老飘说了一声小心,就往老飘刚才躺过的钢丝床一倒。

不知过了多久,老飘叫醒了马哥。马哥穿起一件皮夹克,伸手接过了轮舵。

看到马哥的样儿,老飘说道:"看把你吓的,这下好多了吧,还怕不怕?"

"我还是感到不踏实!"把着方向舵,老马一边说一边向右狠打了几把。

一看就要进入内海,老飘就叫老马减速,拿起手机,打给后面的小货轮:"余二,你先到前面去探探,没有问题,就按老规矩闪几下灯。"

说了一声是,后面的小货轮嗖地驶进前面的内海。余二打手机给接应自己的刘关长和朱副关长,听刘关和朱关说自己要睡觉,他又叫小货轮再向前开几海里,看有无缉私艇。一看这里四下风平浪静,连缉私艇的影子都没看到,他于是就叫手下闪了三下灯。

"继续打探,要是真有事,我就杀了你!"手机里面,老飘狠狠地吼道:"你进去了,老子可以把你捞出来,要是连老子都进去了,谁还来捞你狗日的?"

又答了一声是,余二把小货轮再开进两海里,还是没有看到缉私艇的影子,他又叫手下向远处的大货轮闪了三下灯光。

一看又闪了三下的灯光,老飘又才叫老马开船,并跑过船舱对睡着的船员吼叫:"都给老子起来,准备进港卸货!记着,大家手脚只管麻利些,干完了活,我请大家泡夜总会洗桑拿,工钱照拿!"

可是,老马刚把大货轮开进内海十海里,宁静的海面突然探照灯四下射了过来,八艘缉私艇不知是从哪儿钻了出来,指挥艇上的高音喇叭响了起来:"请前面的货船立即停下来,全面接受检查,请前面的货船立即停下来,全面接受检查……"

"不对呀飘兄,看来这次真是翻了!"把着方向舵的马哥大吃一惊,头上冷汗直冒。

"放心吧我的马兄,咱老飘啥阵势没见过?你给我放一百个心,咋老飘的船啥时翻过?"老飘说时,拭了一把额头的冷汗后,一边对马哥说,一边抖着手摸出手机,赶紧与刘关和朱关联系,连打了两遍,两位的手机都关了。

"不好!"老飘把舵将船头转向公海,准备逃命,而八艘缉私艇已经将他和余二两艘货船团团围住,他只好用喇叭喊起来:"刘哥——朱哥——我是飘老大呀,我运的可是海鲜,我们以前打过交道!"

风停了,浪静了。缉私指挥艇上的喇叭又响了起来:"你是飘哥?我和刘关、朱关正等着你！"

一看逃走不可能了，老飘只好带着一班手下上了这艘缉私艇，只见刚才喊他的飘哥的李队长大吼一声："全部蹲下，把手抱在头上！"

一看上当了，接待他们的不是刘关和朱关，而是一副副冰冷的手铐和黑洞洞的枪口，老飘哀叹道："真是想不到，咱老飘带着弟兄这条道上走了这么多年，今天反被缉私队打了一个出其不意！"

天下无匪

那天傍晚，我刚从银行回来，一帮劫匪就闯进家门，叫我交出钱来，拿出所有值钱的东西，要不就要我的小命。

于是，我战战兢兢地说，所有值钱的东西，只要你们看得上，只要不要我的命，随你们拿，钱在银联卡上，你们想要就拿走！

一阵翻箱倒柜后，劫匪没有发现值钱的东西，几双眼睛只好盯在我那几张有新有旧的银联卡上，一齐上阵，追问我的卡上存有多少钱，密码又是多少，如不老实相告，就把我的衣裤脱光，强奸后从楼口扔下去。

当然，我首先想到报警，因事发突然，劫匪一到就将电话线掐断，手机也被劫匪老大抢了去。

话说回来，我那几张新卡是存有钱，哪一张有多少当然是一清二楚，一张最多存着三十万块，最少的不到五十块。

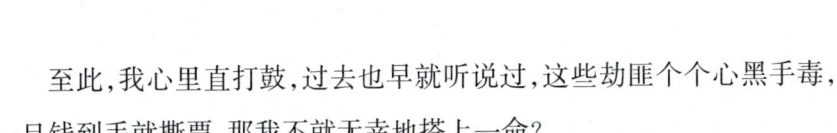

至此,我心里直打鼓,过去也早就听说过,这些劫匪个个心黑手毒,一旦钱到手就撕票,那我不就无幸地搭上一命?

思来想去,我必须得想办法教训这帮家伙,就是不拿一件东西走,谁叫他们望着挣钱的正路而不走,偏偏要干这种打家劫舍的勾当,所以我也不会放过他们!

然而,先来的一帮家伙还没打发走,我又看到另有一帮劫匪闯进来,真好像我家是印钞厂。

真没想到,我一直认为天下平安无事,而现在站在面前的劫匪是一帮接着一帮,他们一来,绝不会空手而回,总得要带点东西走!

可是,我手里就那几十万块钱,那可是我一家三口的命根子。我们还要吃饭,儿子还要上学,都是指望这点儿钱。

绝望之中,我一看先来的那位劫匪老大长得人高马大,手中一把锋锐的匕首直抵我的胸口,稍一用力,就白刀子进红刀子出。

顿时,我直感到背上一阵冰凉,额头渗出涔涔的虚汗。

与此同时,我看到后来的那帮劫匪的老大,个子是矮,眼睛特大特红,看来都不是善主,不知劫杀过多少无无辜的人家。

现在,我的命悬于一线,随时就有可能被他们剥夺,而又如何将他们教训一番呢?

情急之下,我又看到,眼下的情形的确比先前要好,至少他们不会立即把我杀掉,因为他们要钱。

接着,我便听到一阵咕噜之声,看到两位劫匪老大在交头接耳,像似在商量,说这次的收获二一添做五,哪一家也不许多捞,好像我家又成了一座藏金屋。

见此情景,一阵悲凉和绝望涌上心头,我真想扑上前去,与他们拼个鱼死网破。

因此,我早就横下心来,万万不能对两帮劫匪慷慨,就是豁出命去,也要为老公和儿子保住活命的钱。

不一会儿,先前来的那位老大摇头晃脑地来到我面前,将那把匕首抵着我的咽喉。

之后,我抹一把汗,问他们想要什么,若是要钱就先放开我,让我给去找,要不你们就自己搜,或者干脆把我杀了,来一个干净利索!

看到把我逼急,那家伙就收起匕首,把我朝里屋一推,问我有没有金首饰或钻戒,赶快拿出来。

我一想,怕是敷衍不过,才把那张新卡摸出来,但看到上面不是我的名字,看来与那位老太太拿错了。

透一口气,我指着这张新卡说,我刚刚才把几张旧卡的钱转存到这上面,这可是我们的全部家底!

蓦地,我看到先来的那位老大吼退四位弟兄,还把一副臭嘴凑到我的耳边,轻声问我,卡里存多少款,还说只能告诉他一人。

如此看来,他是不想让兄弟们知道到底我这新卡里有多少钱,怕到时分赃不明!

因而,我觉得心地一片释然,眨了眨眼,一直望着站在门口的那位后来的劫匪老大,好像有事相告。

叼着雪茄,他马上凑过来,也把我往里一推,轻声问我,是不是有重要的事情要特别告诉。

于是,我便神秘地对他说,我家真就这一点儿命根子,最多不过八百多块,说完就把新卡给了他。

逼要我的密码,我说不可能完全告诉你一人,我一旦告诉你,你就要独吞,而你的一帮兄弟又不买我的账!你们当中没有一个讲信义,钱一到手就撕票,而我什么都不要,就只要命一条!

没有想到,这家伙还真爽快,说没问题,你想告诉谁就告诉谁,看来够哥们儿义气。

后来,我又被他推了出来。

理了理乱发,我一眼看见先来的那帮劫匪的老大站着,手里攥着那把匕首,血红的眼睛死死盯着我和后来的劫匪老大,好像我也成了他的同伙。

随即,我又灵机一动,索性就将他叫过来,说是要把密码告诉他!

如前一般,我让他把几名同伙支开,就是要让他的同伙看个明白,我又与先来的劫匪成了一伙。

顿时,脑海里又闪着那一念头,我一定要豁出去,不能如此轻轻松松地打发走他们!

见他一到,我瞅了一眼,神秘地对他说,那张新卡上,一共一千五百万元!

最后,我就随口说了一串八位数字,而这的确是一张银联卡的真实密码,里面不过就五十块钱,叫他一定要记好。

劫匪刚走,老公回来一看家中的景象就追问,家里是不是遭了劫匪,报警没有?我安慰他说,大白天的,哪来的劫匪!

但是,为了老公和儿子的安全,我借口说明天是弟弟的生日,一家三口马上打车,赶到了儿子的舅家。

两小时后,咱一家三口在儿子舅家看电视,新闻联播节目播放着一则本市的最新新闻,说两个犯罪团伙分赃不明,并在城郊展开大规模的火拼,连两名头目在内,死伤人员四名,公安部门闻讯介入此案,当场拘捕犯罪成员十名。

一敲脑门儿,我说天下真是没有劫匪了,马上拉起老公领着儿子,连夜赶回了城里。

跟着彩霞去私奔

花开的声音

日头西落,我揣上全部积蓄,挎上水壳,踏上那条不知有多长的山道,翻过一座山又一座山,越过一道岭又一道岭,淌过一条溪又一条溪,一心想着要牵着彩霞那温柔的手,然后跟着她一起到一个遥远而美丽的地方,一起看月落日出,花谢花开。

夜已至深,而我还没走到一半路程。山里十分静寂,没有喧嚣的人声,看不见一个人影,我又没有手电照路,而只凭借头顶依稀的星光,还有自己的知觉,埋着头,一步一步地前行,一定要按时到达那儿。

累了,我一屁股坐上一块石头,取下挎在胸前的水壶,喝了一口水,倦意向我袭来,而我又不能停下,一停,我就不能按时抵达彩霞为我约定的时间,她就要被别的男人带走,再也不是我的女人了。

摸出她捎的来信,天地一片漆黑,而一字一句,我都看得十分清楚,我再一次仔细地阅读,她要我去接她,去到很远很远的地方,找一个没有烦恼、没有束缚、没有明争暗斗的地方生儿育女,春天播种,秋天收割。

想起彩霞,我的心口就突突直跳,她仿佛飘站在眼前,粉红的脸蛋,火红的头冠,身着绚丽的衣裙,就像传说的凤仙子,与众多瑶族姑娘一样美丽,让我沉醉而迷恋。

无暇顾盼夜色中的风景,我站起身来,拍拍急跳的胸脯,又一直

埋头往前,山风吹得身边的山岳和丛林嗖嗖直响,吹得我的身子微微打战。

突然,我的衣衫像是有人拽拉了一下,身边马上蹿过一道人影,并用一个苍老的声音叫了我一声年轻人,还问我身上有火没有,说是借一个火,让他抽一袋烟!

干咳了两声,实为自己壮一下胆,我就再没有吱声,把身上的打火机摸出来,连打了两下,把打燃的火苗凑到老者面前,还听到吧嗒吧嗒的声响,又看到旱烟上的火星闪了几个,马上又消逝了,老者再也没了踪影。

于是,我感到背心一凉,一直凉到了脚心,想了想,我马上又迈开脚步,窸窸窣窣地独自前行。

赶了一段,我感觉到头顶有大鸟在飞,扑扑直响,接着传来一阵寒切的夜莺啼鸣,我不禁打了一个寒噤,背心又是一阵冰凉,好像凉到了脚心。

想停下歇歇,我却又不敢,就驻足透了一口凉气,浑身上下开始不住地战栗。

这时,我的身边马上传来一阵银铃般的女童音,她叫我一声叔叔,说自己走不动了,想请我背她走一段。

不由细想,这时有一个人与自己同行还不好,就不必担惊受怕,我答应下来,马上蹲下身子,让这位女童爬到自己背上,我反过手攀着,她抱着我的双肩,背着她一步一步又继续往前。

约莫走了十几里,我觉得有些累,就找到一个平坦的地方,把她放下来,我只是想透一口气,歇一会儿后再背着她走。

然而,我感到不对劲儿,我不是背着一位小女孩子吗,咋个觉得背上啥都没有,途中她也没叫我放下,让她自己走。

把手一放,真是什么都没有,我转过身来,四下找了找,怕是自己一时疏忽,我在中途把她扔了下来。

仔细一想,我没有放过手,她就一直趴在我的背上,咋个说不见就不见了呢?

正纳闷儿,我看到前面的山梁上,突起燃起一堆篝火,火焰冲得很高,舔着了灰暗的天空,景象十分壮观。

我马上站起来,望着那堆篝火加快了脚步。

走了一段,我发现自己前面有一位身着红色连衣裙的少女,与自己一道摸黑前行。她转过身子,借着前面山岭上篝火的亮光,我看到她那一张美丽的面庞,婀娜的身影,就像传说中的仙女,披着绚丽的霓裳,闪耀着圆亮的双眼。

篝火还在燃烧,最后变成了一个圆圆的大火球,红彤彤的,喷射出灿烂的光辉,山岭上飘起紫色的烟雾,如诗如画,如梦如幻。

于是,我就跟着这位美丽的红裙少女,翻过一座山又一座山,越过一道岭又一道岭。

黎明时分,我来到相约的山梁上,看到彩霞她静静地倚着一棵苍松,顶着绚丽的红盖头,身着火红的大花袄,期待着我上前去。

掀开火焰般的红盖头,我看到了彩霞那张圆圆的面庞,像刚用清澈的江河冲洗过一般晶莹透亮,惊喜地望着我欢笑的脸庞。

待我上前一步,她用温暖的唇亲吻着我的脸颊,帮我抱过还趴在我背上酣睡的女童,为我抹掉身上的露珠,还示意我赶紧给身边叼着旱烟袋的大爷打燃火,点燃那一支又长又黑的旱烟。

至此,我身上的寒意早被她带来的温暖驱散殆尽,感到浑身上下暖融融的。

在喧嚣的人声中,我挽着彩霞的手,翻过一座山又一座山,淌过一条河又一条河,越过一道岭又一道岭。

顿时,我隐隐约约地听到自身旁起伏的群山中传来一阵悠扬的唢呐,还有姑娘小伙子的欢笑。

花开的声音

112

开　道

秋天一到，八爷就卧床不起，不到半个月，一副硬朗的身子就弱不禁风。一看八爷病情一天比一天沉重，儿子福禄、富贵立即请来一班泥水匠，就在包产地里筑修起一座空坟，造型极美。

归寿那天，八爷将儿子儿媳叫到床前，讷讷喃喃道："我的……我的……"

福禄明白，老人一定是在问他的坟修好没有，他安慰老人道："爹，你老人家的坟我们早就修好了，你就放心走吧！你的后事，我们兄弟一定办得风风光光，一定不给你老人家丢脸！"

冥冥之中，老人听儿子如此一说，两眼一愣，就再说不出话来……

一过晌午，儿子儿媳马上筹办老人的丧事，还请来道师给八爷"开道"，以送老人平安登天。

可谁知道，乡民政干部老白赶来，动员福禄、富贵将老人的尸体实行殡葬火化，两兄弟顿时慌了手脚，连夜将老人入殓钉棺，抬放进那座早已修好的空坟，掩土埋好。

一听说八爷被偷埋，老白马上随同村组干部来到，责令崔家两兄弟捣毁坟墓，抬出棺木，撬开棺盖。

众人一看，八爷身子拱伏，张开大嘴，圆睁大眼，双手的指头紧扣着棺盖缝隙，看似要挣扎爬出。

哪儿有桃花

一天傍晚,名叫慧明的小尼姑看见有一小和尚来找自己玩,还说要和她做老相好,她十分生气,就一巴掌打去,好像打在他那圆圆的脸上,连手都打疼了。他睁眼一看,禅房里啥也没有。

找了好一阵后,她才看到面前的木鱼被啥砸破了,骂了一声该死的小和尚,起身就追,刚到门口,却被主持慧人堵住了去路。

你跑啥?快回去!慧人主持三十七八岁,脸色十分吓人,因为她时时惩罚庵里犯戒的大小尼姑,她的话就是全庵的戒条。

一见是慧人主持,慧明哪敢回应,一脸涨得通红。要是让女主持看出自己的心事,那还了得,她还不早叫人把自己吊起来打得皮开肉绽。

半个月前,那个叫南尼的小尼姑,就是因为和小和尚说了几句话,就被慧人叫去站了一个晚上,连水都不让喝一口。

为了不受罚,她只好说,自己的木鱼敲破了,想请慧人主持换上一个。

如此一说,慧人主持果真没有罚她,只叫她马上回禅房,她只好按慧人主持的吩咐,立即回去了。

不一会儿,慧人主持就拿来一个新木鱼放到她的面前。

从那之后,刚一闭上眼,慧明脑子里就满是小和尚的那张笑脸,而一

花开的声音

睁开眼,只是一团漆黑,连蚊子都没一只,又哪有啥子小和尚。她又骂了一声该死小和尚,把被子往头上一捂躺下去了。

怎么办?要是耽误了睡眠,到了禅课时,自己肯定要打瞌睡,而一打瞌睡,慧人主持看见了,那自己又得受罚。

为了不受罚,慧明就迫使自己不再想小和尚,就开始想桃花,她一边想一边念:桃花江畔有一个叫桃花坞的地方,桃花坞里有一座庙叫桃花庵。

想着想着,她更加睡不着,总觉得这几句话挺有意思,只是觉得还没有完,而又不知用一句啥与桃花联系起来,她只好反复叨念:桃花江畔有一个叫桃花坞的地方,桃花坞里有一座庙叫桃花庵。

天都大亮了,她还闭着两眼,嘴里还在念念有词,起床的钟声一响,她才疲惫不堪地爬起来,跑到庵外的泉水边,浇上两捧水摸了两下脸,总觉得精神不佳。

用完早斋,慧明来到禅房,一闭上眼,眼前又是一片桃林,满眼的都是桃花,她敲着新木鱼,过去念的禅诀却忘得一干二净。

那以后念啥呢?她便想起昨晚念的句子:桃花江畔有一个叫桃花坞的地方,桃花坞里有一座庙叫桃花庵。

说来真是奇怪,才念一遍,她就想到了可以连接前面的一句话:桃花庵里有一个叫桃花女的小尼姑,这个叫桃花女的小尼姑近来却交了桃花运。

一想到此处,慧明就前后连接起来一起念,觉得十分顺口,念了完第一遍又念第二遍,如此反复,不想整个上午就顺利地打发了。

用过午斋,她就开始琢磨,慧人主持教的禅诀看来是真忘了,大半天时间,她一次也没想起。

那下午的禅课上又念啥呢?要是和上午念一样的,那多没趣,偏着脑袋一想,她首先想到的还是小和尚,再就是桃花。

休息的时候,她刚一出山门,就看到女主持和对面庙里的小和尚在说悄悄话,觉得实在有意思,看来以后就是想忘也办不到了。

第二天上午,钟声又响了,慧明当当地敲响新木鱼,嘴头叨叨地念:小和尚,桃花。小和尚,桃花……

接着好几天,她都是上午念:桃花江畔有一个叫桃花坞的地方,桃花坞里有一座庙叫桃花庵,桃花庵里有一个叫桃花女的小尼姑,这个叫桃花女的小尼姑近来却交了桃花运。一到下午,她就念:小和尚,桃花。

这天下午,慧明敲着木鱼,嘴里正念着自己编的禅诀,不想慧人主持已经轻轻地来到了她的跟前,一听她念的禅诀,脸一下涨得通红。你在瞎叨什么,桃花在哪儿?

一听是主持在吼,她马上睁开眼,看到主持红着脸颊,她就随口回答:主持,桃花,桃花在你脸上,太漂亮了!

你胡说啥,我脸上哪有桃花?慧人主持一想,自己和小和尚的事是不是让这小尼知道了,她抬起手,啪啪地扇了自己一耳光。

神奇的诱饵

时间一长,他给国税局十号服务窗口的工作人员小林留下了深刻的印象,而到底是一种什么形象,小林自己也说不清楚道不明白了。几乎每次来报税,她就要他签那一份处罚决定书,每次都得在他的代扣存折

上多扣五十元的罚金,而她又从没见他有何怨言,办完税就乐呵呵地离开了。

来南方后,因为没有找到对口专业的工作,他就自个开了一家建材公司,没想到生意还算顺手。由于是个体,纳税的标准就按双定户来缴,每月国税一百八十元,地税三百六十元,一月营业额六千,超开发票的就另缴,每次都是由他上税务局填表申报。交罚金和税费不用付现金,都是由税务局从银行在自己的账户上代扣。

给他办理报税业务时,小林还一而再再而三地提醒他说,下个月一定要按时来报,你就不用缴罚金了。他也是说,我也想按时来报,可是一家公司里里外外就自己一个人,老板是我,工仔也是我,一忙就忘到爪哇国去了。

说来也怪,因为长期受罚,他也习以为常了,如果哪次报税不签处罚决定书,他就觉得自己变成了另外一个人,好像不是自己了。

进入国税系统后,小林工作还不到五年,是国税系统一枝花。由于帮他办税的次数一多,处罚他的次数又特多,又不见他有何怨言,一见他来报税,她就望着他笑了笑,就算是打招呼。只要前来报税人不是很多,她就想法提前给他办理,处罚决定书照样要他签。

有时,他很想与她多说两句话,但一见她给自己办完税就得走人,因为她还得给别人办税,自己身后还排着一队长长的缴税人士。想问要她的手机号码,他又觉得没有一个很好的借口。

那天,像过去一样,他按了排队号就坐下来,望了两眼服务窗口上的显示屏上的数字,而那天前来办税的人士不多,心想自己马上就要办了,办完了就可以早点儿回公司,因为开了发票就去收款。

很快就轮到他了,来到十号服务窗口后,小林笑了笑说:"你又不按时来报税,又要签处罚决定书哟。还有,你存折上的款够不够扣?"

像过去一样,他乐呵呵地递上税务登记证副本、代扣存折、开具的发票:"我刚刚打了三万块进去,应该够了。"

拿起副本扫了一下磁码条,小林又打印了一份处罚书,叫他在签名处签上名字。他二话没说,大笔一挥,利索地签上了自己的大名,傻傻一笑,又望着给自己办理核销发票、代扣税费的小林出神。

不一会儿,小林就在他前次购买发票的存根上盖上核销的印鉴,就叫他到申领发票的服务窗口,还说要抓紧时间,快下班了。他向她点了点头,以示感谢,又乐呵呵地来到购领发票的窗口。

过了一周,他到农行去打存折,发现自己的钱却一分不少,还是存进的三万块和原来的余额总计,没有扣减。怎么回事儿?自己的税款不是扣了吗?他觉得十分纳闷儿,想去想来,觉得还是应该问问这位小林。

这天,他送完货后,揣上国税登记证副本,开车来到国税局。一看这天前来办税的人士特多,他又拿出国税副本在排队机前扫了一下,领了一张排队号。好不容易等到该自己了,而一看又不是小林的窗口,而是七号服务窗口,他干脆在那儿不动地傻站着。

没有想到,七号服务窗口的那位女工作服务员绷拉着脸,把他的登记证副本往他面前一推,大声地说自己要下班了,叫他明天再来。他一下子火起,三言两语就与她大吵起来,并连声责问七号窗服务员是什么态度,为何如此无礼对待咱们这些纳税人员。后面好几位纳税人士也在为他助威,指责七号服务窗的女工作人员。

一看到是他在与七号窗口服务员吵架,一位姓张的股长就出来,问他是报税还是购领发票,他说自己当然来是报税,张股长当场批了一顿七号服务窗的工作人员,又把他带到八窗口前,他说,我以前就一直是十号窗口服务员小林办的,张股长于是就把他带到十号服务窗口前面。

看到张股长转身走了,小林正准备下班,他敲了敲窗玻璃,小林一见是他,望着他笑了笑,他说了一句,你前次帮我扣的税费没有扣到,转身就走。

花开的声音

118

第二天上午,他就接到一个陌生手机号打来的电话。我是国税局的小林,谢谢你的提醒,前次我帮你代扣税金时扣到别人的账户上去了,现在我已经从你的账户上扣了!他说,如果你真要谢我,因为我一天忙,到了报税时间,你就提醒我一下,要不,我又得挨你的罚,难道你就高兴我受罚吗?

果然,后来一到前月的报税时间,他就接到了她的电话,说你该来把前一个月的税报了,他心里像吃了蜜一样,脸上不时露出一阵狡黠的坏笑。

结婚那天,一些前来道贺的同学和好友纷纷向他讨教,问他是用什么功夫把国税部门的美女钓上的,望了一眼身边的小林,他干咳了一声,意味深长地说。我的诱饵最奇特,就四个字,我让她罚!

巧运钞票的红拖鞋

结婚不久,他到县城开会学习,回来的时候,他在百乐门商场花三块五毛钱,买了一双玫瑰红的女式塑胶拖鞋。老婆喜欢,他也喜欢。老婆白天下地干活,只好晚上穿。他白天守店,从早穿到黑,就是到乡政府、区公所开会,脚上也穿着老婆的红拖鞋。

夏天还未过完,买回的那双红拖鞋有些坏了,他说老婆你就不用穿了,我去县城再给你买一双皮鞋,老婆不让他买,说是要买自己去买,你买回来还是两人轮流穿。

那时,老婆的老爸担任村办煤矿的矿长兼出纳,当时还没有一百、五十的大钞,大票就只是十元面值的大团结。她爸经常要到附近两县的十多家公司结算煤款,那时的农行、信用社还没有兴开支票或转账的业务。岳父一说提款就伤脑筋,一家人跟着提心吊胆,加上持枪抢劫的大案时有发生。

六月中旬,她爸叫他去帮做一件事。老婆马上到街上为他买一双时兴的皮凉鞋,外加一双白尼龙袜。他说老婆,我第一次到你家相亲就没穿这么高档,再说我每次到区里乡里开会学习,不就是穿你的红拖鞋,你不穿仍让我穿。老婆一想,又同意让他穿那一双破红拖鞋出门办事。

出门之时,老婆拿出两条洗扎得既白亮,而袋内又有一层胶膜的化纤袋,他一接过手,一把塞进煤灰堆里,几踩几踩,直到袋子变成乌黑才拿出来。他于是穿着老婆那双断底的红拖鞋,身着一身向矿上一哥儿借的衣服,跟着她的老爸出了门。

两天之后,他与岳父从邻县一家公司出来,他走前面,岳父在后,他肩上扛着连穿一起的两条袋子,脚踏老婆那双红不红黑不黑的女拖鞋,在大街上走来走去,见他一来,人们赶紧闪开一条道,简直比那些荷枪实弹的押钞的还要威风。

见一辆回县的大客车开来,他一招手就停下。他一爬车上,一甩肩,就将两条黑乎乎的袋子扔在车板上。其他乘客一见,他那浑身上下黑乎乎的样儿,早就退闪得远远的。他还一屁股坐在袋子上,瞪着一对黑眼睛,望一眼坐下来的岳父,又将目光回到身边的乘客,丝毫不敢大意。

没有想到,他屁股下的黑袋子碍着两位烂仔穿着皮鞋的脚。那个烫卷发的家伙,一看就是烂崽,还朝他屁股下的袋子踢了两下,问他袋里装着什么。他不慌不忙地说,自己是码头的卸煤工,回去看望家中生病的婆娘,顺便将自己平时在江边捡的一些破烂带回去,而心头却拧得紧

花开的声音

120

紧的。

一回到家里,他一扔肩上的黑袋子,老婆一听她老爸说,这家伙穿着她那双红拖鞋,扛着两条黑袋子,在大街上横冲直撞,像跳舞一样,别人问也不问,还以他是一个疯子,要么就是捡垃圾的,早闪得远远的。老婆悬着的心总算轻松起来,马上煎鱼炒肉,说是好好地犒劳犒劳他。

一听说他们回来,村支书马上赶到,一手拉着他来到一张酒桌前,斟上两杯酒,向他举起,还说代表全村人民敬他一杯。

后来,他就时时一个人,身着一件乌黑的白大褂,脚上仍穿着老婆那一双玫瑰红的破拖鞋,提扛两条黑袋子,穿梭于邻近的两座县城的大街小巷。钱一到手,他马上就赶回,从来没出过差错。

那年秋末,他的岳父眯着眼睛一算,这位女婿已为他村的煤矿,安全地从两县十家原煤销售公司提回的现金达三百多万元。

铁　　证

开庭那天,审判长觉得他们本是有感情,主要是因第三者插足,而把一个家庭搞得四分五裂,实在有些可惜,仍打算作一番调解,而鉴于男方态度强硬,无论如何都要离,他就叫男方出示二人感情破裂的证据来。

一听说要证据,男方就感到有些发懵,说自己没有证据,就是不想再与这位黄脸瓜婆生活在一起。

当他一说到这儿,身后就一阵嚷嚷,那是旁听席的人在议论:"他没证没据,她又没有偷人养汉,你还找她离什么婚,准是被外面的狐狸精搞晕了头!"

审判长一敲法槌,叫大家安静,看似又在说服女方:"既然你一直不主张离,那就请你出示二人感情笃厚的证据来。他要离,你又为什么不同意?感情不和,我建议你与男方还是离的好。"

没有想到,女方却一直声称:"我有证据,他是喜新厌旧,他在外面乱找女人,是不是真要我拿出来,让大家看看?"

一听女方说手中掌握有男方不轨的证据,审判长就说:"我们是依法办事,讲的就是证据,你有的话,就只管拿出来,我们就是要你拿出来作证据,以此作为判决的依据。"

听审判长一说,被告女方就想,审判长是不是在提醒自己有无结婚证,结婚证不就是一大证据吗?可自己两口儿的结婚证与现在的大不相同,那可硬多了,我一拿出来,不就是一件更好的证据吗?

被告方女方一招手,气呼呼地招呼两个儿子:"大贵、小贵,你两个去,给老娘把结婚证抬上法庭来,请几位法官大人过过目!"

"大嫂啊,你要举证出来,最好是要拿出铁证来。你知道吗,我们法院办事,要的就是铁证!"审判长怕她不够明白,一再向她讲明。

一听审判长的提醒,被告女方一拍屁股站起来:"对呀,不错,我拿出来的就是一个铁证。法官大人,你不信是吗?你到时看了,就一定得信!"

没过多时,只见原告和被告的两个儿子抬着一块厚重的铁板来到法庭,累得气喘吁吁,大汗淋漓。

如此一来,台上台下无不莫名惊诧,几位法官一见,顿时瞪大了眼睛,只见一块铁板上黏着两张字迹模糊的纸张,时间已久,要完整撕下

花开的声音

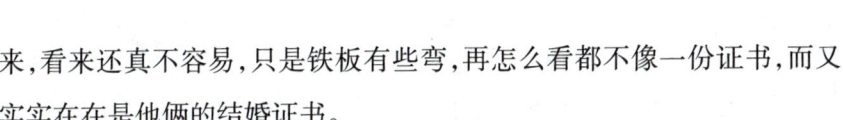

来,看来还真不容易,只是铁板有些弯,再怎么看都不像一份证书,而又实实在在是他俩的结婚证书。

正在这时,台上的审判长望着铁板问原告男方:"请原告回答,被告女方提供的证据是否属实?"

眨巴两下眼,原告男方怏怏地回答:"的确不假,那上面的东西,还是我亲手糊黏的。"

"不错,这是我自审案以来,见到的第一大真正的铁证!"审判长站了起来,望着台下黑压压的人群说道。

生怕法官大人误解,影响了裁决,原告男方又补充了一句:"什么狗屁铁证,不就是我和她的结婚证!"

"有多长时间了?"审判长身边那位女陪审员问他一句。

至此,男方才望一眼坐在对面被告席上的妻子,并说:"整整十八年了,时间是在我们结婚后不到一周,我在建筑工地搞到一块生铁板,我就是想,不要损坏我们的结婚证。我们搬了五次家,我都没舍得扔掉。有次她说扔了,我还说这是我们结婚的凭证……"

听他一说,审判长一敲法槌,说现在宣布休庭半小时,由合议庭讨论后再宣布判结果,并叫大家等一会儿。

几位法官进入会议室,前来旁听的人开始嚷嚷起来。有人说肯定离不了,有人说咱说不准儿,天要下雨,男人要离婚,那也是无可奈何的事。

半小时过去,审判长一敲法槌:"本庭现在宣判,根据《婚姻法》×款×条规定,严格遵循男女平等、婚姻自由的原则,本庭完全支持原告的主张,现作出以下裁决。男女双方以前一切财产全部判给女方保管和使用,包括资金、楼房、家具、车辆。"

清清嗓子,审判长继续念道:"原告(被告)另有两名儿子,一致判给被告(女方)抚养,而都没达十八岁,并由原告(男方)支付抚养费,按每位一年补助生活费八千元、学习费三千元,两位孩子现需一次性补助费用,计十八万八千元……"

"我不服!我绝对不服!我上诉!"男方一听,突地一下跳起来,觉得法庭的判决有失公正。

这时,银花反而觉得轻松起来,还说强扭的瓜不甜,说离就离。

"你为什么不服,难道你还有比她还硬的证据吗?她举的可是铁证,你可知道什么叫铁证?什么叫铁证如山吗?"审判长起身大声质问男方。

顿时,他惊奇地望着几名审案的法官,觉得审判长说的话不无道理,我为啥非得要与老婆离婚。

过了一会儿,书记员拿着判决书,神情严肃地来到他面前,说是请他签字。

接过判决书仔细一看,原告男方一想,这字万般不能签,一签自己的名字,以后啥子都没有了,还有哪个女人来跟自己过。

摸了一把脸,他声称去一趟厕所,回来后再签字。

知道他想溜,审判长就说:"你不是想离吗,我们也是支持你才这样判的,你既然不在判决书上签字,那你还不带银花回家过日子?你要上诉好呀,那你就把你俩的结婚证扛着去上级法院,要不你自己想办法,把属于你那一半拿走就是!"

一跑出法庭大门,他哪有心思上厕所:"她咋个还整出一个这么硬的铁证来?要是我们一离,把钱全给她了,我就成了一个穷光蛋,那还离个屁!"

第六辑

富人离穷人有多远

风　声

　　那天上午十点过了,张局才疲惫不堪地踱进办公室,一到就拍着小王的肩膀就讷讷地问小王:"小王呀,你咋不觉困?你不觉得嘛昨晚好冷,我一宿没睡。不知为啥,昨晚我一整宿没睡,而又困极了,没想到刚一合眼就过了十点!"

　　"不是吧张局,昨晚气象台播报的温度是二十摄氏度、风四级吗?"新调来担任张局秘书不到一个月的小王却一点儿没听出领导的弦外之音,也没有注意领导的表情,就来一个实话实说。

　　可没想到,他这还是惹恼了张局:"我说你们这些年轻人,脑子装的尽是猪脑花子,还来不来就冲动?"

　　"是啊是啊,昨夜的风真的好大,差一点儿就把咱办公楼前的那棵大槐树吹倒了!"当一看到张局脸色大变,小王紧张不已,一想自己只不过是一个小小的秘书,就马上改换了口气,以此想讨得局长大人的欢心,却不想越来越糟。

　　后来,小王就只管赶写一份材料,连张局什么时候离开,怎样离开都是一概不知,至于为啥要走,哪怕是自己秘书,而不是什么事情都让他知道、让他去办,张局完全没有告诉他的必要。要是啥事都让一个秘书知道或者去办,这并不是一件好事儿,出事儿就是迟早的事儿。

快下班了,小王仍然没见张局,还以为张局到乡镇调研考察去了,让他一直搞不懂的是,特别是近两个月来,张局时常说一些没头没脑的话,再就是外出考察调研什么的,哪一次没这位小王鞍前马后地陪着,而这次为啥一走了之,连屁也不放一个。

此后一周多时间,当一想起刚才回答老领导的话,这位小秘书就吓得浑身打战。他知道,要是老领导一误解,自己兴许就此扫地出门,只有回到乡下教书去了。

"会不会是刚才自己的失言,张局就不再信任我了?"他抬手就给自己一耳光,骂自己的嘴真臭:"好不容易才调进来,这下可好了,不到三个月就走人,这不是大白天撞见鬼又是什么呢?"

更为不解的是,半个月都过了,还是不见张局到办公室,他只好打电话问县长,曾县长可能知道了一些内情,就说张局到市里开会去了,只是时间有些长,可能要两一个月才能回来。

"开什么会开这么长时间?他怎么不叫咱这位秘书整理材料呢?"一想老领导走时的情景,而且走的是如此的蹊跷,向来胆小的小王不禁又多想了一些。

可一个月过去了,张局还是没有回来上班,小王又打电话询问人事局的郑局长,郑局安慰他说:"别急别急,你们的局长马上就来了。"

又过了半个月,小王才接到市里李处长的电话,并叫他开车去市里接局长。

一到市里,他接到的却不是张局,而是他大学时姓鲁的同学,在前是建设科科长。当他一问张局是不是调走了,这位局长同学就十分不高兴:"你为何对张局的事如此上心?难道你还不欢迎我这个老同学来当局长?"

至此,他才知道张局出事了,还听说是投案自首,他却一直都没想明白:"怎么会是这样?咋个说风就是风,说雨就是雨呢?"

一路之上,小王的局长同学就问起张局走的那天你和他说了些什么,他便如实把那天上午与张局说的话告诉了这位老同学。

当时,小王只管开车,根本没有注意到这位同学的神情变化,只听到局长同学哦哦了几声,再没有说别的话了。

一周之后,这位小王就接到通知,下派到一乡镇企业当文书,就觉得十分奇怪,是不是自己的老同学误会了自己,再仔细一想,官场上风云变幻,本来想抽时间与老同学解释一下,他觉得老同学现在升迁了,误解了就误解了,他就此打住,觉得这也不算是啥坏事情,说不定是好事一桩,没必要向他解释。

一天,与鲁局走得近的一位哥们儿来乡里检查工作,一周前当上了建设科长,刚一见面,这位哥们儿就问小王:"你对老同学说说,到底是不是你举报的张局?"

"谁说是我举报的?张局是自首,没有人举报!"当一听他说张局是自己举报的,再联系到自己贬职到乡镇企业,小王这才感到郁闷极了,觉得这事就一定出在这姓鲁的同学身上,要不为何一当上局长,就把自己赶到企业,自己的能力他又不是不知道。

事后,鲁局多次来到这位小王所在的企业。当一接到接待鲁局通知,他就吩咐身边的同事去打理,用餐按当地最高规格,还说自己感冒了,要去看医生,全权委托小刘、小张陪着这位鲁局参观和吃喝,就是不见这位局长老同学。

正如他所料,时间还不到半年,他的这位姓鲁的局长同学就被双规了,同时还有那位当科长的哥们儿。当上面有人来调查时,他说这些事是下面人员办的,就把这位同学局长每次下来花费的账本交给调查人员。

不久,这位小王又接到了市人事局的电话通知,叫他三日后到县府任县长秘书。

永远的彩虹

雨过初晴,一道彩虹远跨在崇山峻岭之间。

院里,一位十来岁的男孩儿,盘腿坐在屋前的一块湿漉漉的青石板上,闪着一对圆亮的眼睛,出神地望着那道跨在天地间的七色彩带。

不一会儿,一位中年妇女走出门来,轻轻地来到小男孩儿身后道:"傻儿子,你看什么吗?"

于是,儿子指了指远方的彩桥问:"妈妈,你看,那是什么?"

沿着儿子指的方向一望,母亲微笑着说:"我的傻儿子,那就是彩虹。她是修炼千年的蛇精,因为吸取了咱大山里的灵气,就像电视中的狐狸精一样。"

"哦——"儿子转望着妈妈,眨巴着圆亮的眼睛:"她是蛇精,喜欢吃人吗?那她是不是喜欢吃男孩儿?"

妈妈拍着儿子的肩,语重心长地说:"你还小,不懂。她不吃人,只是你们这些男孩儿千万不要挨着,而只要一沾上,立即就会化成水!"

"是吗?"儿子一噜嘴:"她真好看,我真想骑着她,爬到月亮上去玩!"

一听到这儿,妈妈脸色却突地一沉,还骂了一句:"你这孩子,长大后说一定比你老爸还坏!"

"妈妈,你是在骂我还是骂我爸?难道我说错话了?"转过头来,儿子奇怪地望着自己的母亲。

摸一把儿子的脑袋,母亲厉声地喝道:"你是我儿子,我还能骂吗?你不要看了,快进屋写作业!"

这时,晚霞燃烧起来,天边的彩虹由浓变浅,中间好像被一把巨大的剪刀突然剪断,渐渐地在崇山峻岭之间隐没。

一看到母亲离开,小男孩没有进屋写作业,而是把整个身子伏上湿漉漉石板上,双手托着下巴,仍如痴如醉地望着那道即将消逝的彩虹……

神　　弹

微笑着迈出舷梯,拉西国务卿自信地面对来自世界各地的媒体记者,耀眼的镁光灯在眼前吱吱地闪个不停,无疑增大了担负安全保卫的保镖的心理压力。

正要回答路透社记者的提问,拉西国务卿不知咋的,却显得极不自然,因为她知道,自己特别不受东方人的欢迎。

"开炮!打死你这个坏女人!"话声未落,只见一枚红红的弹头直朝这位西方大国的女国务卿飞射过来。

"有刺客!有刺客!"随着拉西国务卿一声惊叫,身边的几名保镖

反应十分迅速,一齐上前用身子将她围在核心,准备挡住射向国务卿的子弹头,而后前呼后拥,扶着她钻进了一辆西方驻东方大使馆的防弹车。

钻入防弹车后,因为没有枪响,一个保镖也没中弹,而这位西方大国的女国务卿仍是惊魂未定,头上直淌冷汗。

"啊——啊——"拉西女国务卿圆张大嘴,呼吸急促,看来果真是中弹了,生命垂危,已经说不出话来了。不置可否,刺客的枪支一定装有消音器,不会有声响,只是尚不明确所伤部位,又不见一处出血。

顿时,拉西国务卿的保镖个个吓得面如纸灰,马上叫接待的西方外交官开车直往东方大国首都的大医院。来接的大使馆人员用卫星电话打到驻东方大使馆的西方官员,要求立即向东方大国的外交部提出交涉,声称拉西女国务卿在新闻现场遇刺,现正送往首都大医院,情况非常危急。

一接到西方驻东方大使馆官员打来的电话,东方大国的警方也就着手进行调查,数十名警员调查了大半天,可就是找不着击伤拉西国务卿子弹的弹壳,无声手枪也有弹壳呀,难道是刺客把弹壳捡走毁灭了证据。

另外,拉西国务卿一送进首都医院,情况仍如以前一样,几位东方的医学泰斗便立即对她的全身进行检查,并发现她全身上下没有一处伤痕,连皮都没擦破一丝儿,几位西方大使馆人员说啥都不相信。

再次检查一番后,老院长将拉西嘴搬开,抠出的一枚弹头一样的红东西放到西方外交官手中,微笑着说:"你们的国务卿中的是这个子弹,这个刺客的枪法真是太准了,一下子就击到你们拉西国务卿的嘴里。你们放心,你们的女国务卿没有大碍,让她喝一点儿水后,我们就安排她出院,该出席宴会的就出席宴会!"

一接过老院长递过的弹头,这位来东方工作多年的西方外交官一下子就明白了。这是啥子弹吗?他就狠狠一摔,几步来到病房,果真看到拉西国务卿正在喝水,便长长地舒了一口气。

当晚,拉西国务卿就参加了东方领导人接待她的晚宴,然后亲自给卢森总统打电话,说这次遇刺只是一场虚惊,有惊而无险,没有大碍,并叫他放心,还说东方大国的水特别深,一些领导人看上去客客气气,哪怕向我这个敌人发射的子弹尽管不是金属造的,但的确有些厉害,实在有些高深莫测,特别让人难受,看来我们的策略还得调整,填补有关的五大缺陷,还得要作相当的让步,死顶的话,兴许我们要吃大亏,并叫他一定要记住。

而更令这位女国务卿称奇的是,自从中了东方人火红的神弹之后,就像吃了啥神药一样,向来就爱拉稀的她却再也不拉稀了。

由于一到东方就领教了东方人的厉害,拉西国务卿在此后一周时间的访问中,尽管为了本国的利益和东方领导人唇枪舌剑,也说了一些模棱两可、闪烁其词的话,却再也不在公开场合诋毁东方大国,而一回到西方,拉西就说身体有恙,马上住进一所医院,再也没在公开场合露面。

富人离穷人有多远

花开的声音

有一天下午,富人迈特来到穷人欧里麦门前说:"好了,你别叫穷了,我明天就捐助你五十万块钱,到时你就不愁吃不愁住不愁穿了。"

"迈特大哥真是一个大好人,我现在就在这儿谢谢你了。"欧里麦十分感激,双膝跪在迈特的面前。

于是,迈特后来一见人就说:"我明天就捐助五十万钱给欧里麦,你们都长着眼睛,咋个就看不见呢,他的生活过得如此艰苦,你们为啥就不帮帮他?"

不到一个星期,整个街道都传遍了,说富人迈特捐助了欧里麦五十万块钱,欧里麦马上就有好日子过了。

可是,时间一晃过了大半年,而迈特却没有拿出一分钱给欧里麦,欧里麦还是像从前一样贫穷。

又过了些日子,富人赫兹来到欧里麦面前:"这个迈特为富不仁,真不是一个东西!好了,我明天就带你去办法律手续,我死了以后,我把我的所有财产全部捐助给你!"

"赫兹大哥真是一个大善人,我现在就在这儿谢谢你了。"欧里麦与前次遇见迈特一样十分感激,双膝跪在赫兹的面前。

此后,赫兹与迈特一样,一见人就说:"有钱了就要有爱心,我明天就带欧里麦去履行法律手续,我死了以后,我把我的所有财产全部捐助给他,他就不会受穷了!"

一看赫兹身体壮如牛,欧里麦心灰意冷地说:"谢谢赫兹大哥的美意,我看就不用办了吧,恐怕我是等不到你的捐助了,那我还是去乞讨算了!"

于是,赫兹觉得欧里麦不识抬举,我死后把自己的巨额钱财全部捐给他,而欧里麦却拒绝不要,简直就是一个傻瓜,你说气人不气人。

就因前次诈捐,迈特挨了许多人的谩骂,为了找回面子,心想欧里麦连赫兹的账都不买,加上前次自己说话没有算数,这个欧里麦肯定又会拒绝自己,干脆就另寻目标,一定要比赫兹做得更加高明,干脆来一次裸捐。

于是,迈特只好找到另一位穷人米拉尔:"好你一个米拉尔,你的运气真好,我终于找到你了,我想把我的财产全部捐助给你,这次我一定说话算数,完全是一次裸捐!"

"裸捐？我亲爱的迈特,你说的可是真的？好啊!"米拉尔一听两眼放光,马上答应下来:"那好,我马上跟你去办理有关的法律文书!"

没过几天,迈特就带着叫米拉尔的穷人去办理了一份法律文书,并拟订在自己死后将自己的财产全部捐助给米拉尔。

后来,每过上十天半月,米拉尔就弯腰驼背地跑到迈特跟前,一问他有啥事儿,他便点头哈腰地说:"没啥事儿,没啥事儿,我就只想来看看你……"

时间又过了一年,欧里麦还是从前的欧里麦,米拉尔还是从前的米拉尔,还是从前那样贫穷,一天饥不果腹,半年之前就饿死了。

一天,欧里麦沿街乞讨,来到一家赌场门前,赶上迈特和赫兹正从里面出来,一看欧里麦乞讨到了这儿,加上近几天赌运不佳,两位各投了三千多万下去,而连一个子儿也没收回,早已是身无分文,直叫欧里麦快滚,还踢了他的屁股一脚。

看到贫穷不堪的欧里麦,路过此地的麦尼老太太拄着拐杖踱到他面前,抖抖颤颤地从怀里摸出一张百元的钞票,一把塞进欧里麦手里:"我身上就这一百块了,快去买一点儿东西吃吧!"

灵机一动,迈特一把夺过欧里麦手里的钞票,塞回麦尼老太太的手中:"你咋这么傻呀,你真要捐助,那也要等你死后不用了再捐出来嘛!"

这时,迈特心里却还有一句话想说,却一直没有说出口,那就是想麦尼老太太把这一百块钱捐给他,而他却怎么也说不出口,就是说了,麦尼老太太肯定不会相信,过去的富翁迈特,三日不见,咋个就变成了一个穷光蛋呢?

"是啊,我亲爱的麦尼老太太,你咋这么糊涂呢？只要是你的钱,就得先由你花销,你不用了到时再捐出来也不迟。你为何现在就早早地捐献出来？你真要想做一位慈善好人,那就捐给我吧!"赫兹说得也是大实话,自己输光了,说得情真意切,十分感人。

花开的声音

一看是迈特和赫兹,麦老太太又把那一百块钱塞到欧里麦手里,笃了笃手中的拐杖说:"我之所这样做,只是想有一分就接济一分需要接济的人,而不想我人还活着,就有人希望我早些去见阎王老爷!凭什么呀?要我捐给你?"

捧着这一百块钱,欧里麦十分感谢,连连向麦尼老太太鞠躬道谢,转身又向路过身边的行人乞讨去了。

顿时,迈特方才如梦方醒:"米拉尔过去之所以每过上十天半个月就来看自己一次,他却不是真关心我的身体健康,而是来看我迈特死了没有!"

幸好没有说出来,要不,不遭到麦尼老太太一阵奚落和斥责才怪哩。自己又落到今天这种地步,又有谁来怜惜自己呢,后悔当初自己手痒,恨不得一刀剁了去。

转身一看,欧里麦已经走远,他追上前去,一把抓住欧里麦的衣领,吓得欧里麦大声喊叫,迈特一把捂着他的嘴,拖到路边一个角落里,欧里麦以为有人打劫,迈特给了他一巴掌,叫他不要声张,说自己是来向他请教的,并双膝跪在他的面前。

那天,欧里麦给了他五十欧元,迈特晚上的生活又才有了着落,否则,境遇比欧里麦还要悲惨,说不定就此步着米拉尔的后尘。

过了一些日子,迈特才听人说,这位欧里麦乞讨十多年,早已是一位富翁了,折上的存款至少有五百多万,是穷人窟里的大富翁,还有自己昔日的好友富人赫兹,因为借钱无门,没法生活下去上吊死了。

后来,当人们时不时地看到,欧里麦每天乞讨的时候,屁股后面还跟着一位个矮体肥、蓬头垢面的老头儿,拄着一条弯长的木杖,一走一拐,他就是过去的富翁迈特。

天　网

　　议会主席公布选举结果后,麦尔丹总统就在D国国家电视台作了关于改革税法的长篇讲话,刚一出电视大厦,数十万支持自己的D国市民就围了上来,纷纷与他亲吻拥抱,表示祝贺。

　　在一片欢呼声中,有一位美女来到他面前,在一阵激情的拥抱亲吻之后,说是请他签一个名留作纪念,她在身上摸了好一阵,发现没有带笔记本,就从衣袋里摸出一张纸来,他兴奋异常,接过递上前的签字笔,洋洋洒洒地签上了大名,接着又和其他市民拥抱、亲吻,气氛空前热烈。

　　经过大半年的奔走,麦尔丹就此如愿以偿地当选了D国第三十五届新任总统,顺风又顺水。

　　上台之后第一件事,那就是他要向在前支持自己当选的国民兑现自己的承诺。

花开的声音

　　在此之前,麦尔丹就对支持自己的选民一再宣称,自己一当选新一届总统,就立即改革过去税法中不合理的条款,降低营业税,减免农产税,增加财产税,从而得到全国上下的支持,就此顺利地当选了D国的新一届总统。

　　而就在他和大家庆贺狂欢之时,麦尔丹夫人赫丽娜气冲冲地驱车来到,叫他马上跟自己回家,拉起他就走。他只好说一番感谢大家的话与大家道别,就一头钻进了夫人的轿车,跟着她走了。

刚一进家门,麦尔丹夫人把门一关就朝他数罗:"你要改革税法,为啥不事先与我商量一下?这下好了,你我那数亿美元的资产不就要缴财产税了!"

"亲爱的,你就放心吧!"透了一口气后,麦尔丹不紧不慢地说:"这我知道,我一当上总统,咱俩就得公布资产,从前没登记的就得补缴财产税,还有罚款!你操啥子心嘛,我早就把那五亿美元转存到M国的五家国际大银行了。"

听他如此一说,赫丽娜夫人又才转怒为喜。为了以防万一,他俩还商量出一套万全的应对之策。

一吃过午餐,麦尔丹总统和夫人就分别给D国的广播电视台和几家报刊打电话,声称他俩一直感情不合,今天宣布正式离婚,是想来一个瞒天过海,明离暗不离。就说日后万一要补缴财产税,而麦尔丹一人在国内的帐户上就不过三五万美元,那就由大乌变成了小乌,一些反对派就无从抓到他逃税的把柄。

提了提领结,拍拍胸膛,麦尔丹总统叫上司机开车出发,正式前往总统府上班行使总统职权。

一路之上,麦尔丹就想:"现在好了,我终于地当上了D国的总统,成了一国之尊。而只不过,当上总统还有一件事要做,那就是要公布自己的财产。如果是照实公布,自己就得补缴那笔数目不小的财产税,幸好自己能够未雨绸缪。"

与此同时,在D国议会厅里,在美女财政大臣的主持下,两百多名议员在讨论完麦尔丹总统的电视讲话精神后,正在对一份改革税法的提案进行投票表决。

一进总统府,麦尔丹总统便召来新任命的副总统,语重心长对他说:"咱们这次改革税法,肯定会遇到不少阻力,你我一定要有思想准备。"

一阵那是那是之后,副总统就退了出来,麦尔丹总统又召来秘书:"立即通知下去,叫财政大臣带着税改提案马上来见!"

说了一声是,秘书就出来打电话了,麦尔丹总统就在宽敞明亮的总统办公室里东瞧瞧西看看,屁股刚一挨上了总统宝座,就听见有人敲门。

随着麦尔丹总统一声请进,只见一位美女挟着文件夹十分精神地来到他的面前:"我是财政大臣马尼拉,总统先生主张的税改提案已经获国民议会成员全票统过,现在恳请总统大人签阅执行!"

说完,美女财政大臣便打开文夹,抽出那份厚重的税改提案,毕恭毕敬地递到麦尔丹总统面前。

看了两眼这位美女财政大臣,麦尔丹总统觉得好面熟,不知在哪儿见过,因为这几天太兴奋了,却又一时想不起来。

接过美女大臣递上来的提案,麦尔丹总统浏了一遍,他大笔一挥,沙沙地签上同意二字,最后署上自己的大名和日期,并递回美女财政大臣,叫她马上抓紧落实。

可是,接过总统签署的文件后,而这位美女财政大臣老是不走,好象还有什么事要办,还有什么话要说。

"我这没事儿了,你快去忙吧!"麦尔丹总统朝美女财政大臣挥了挥手,示意她快些离开,去忙自己的工作。

过了好阵子,美女财政大臣才从文件夹中取出一张税单和一张罚单递到他面前:"总统先生,我要履行我的责职了,你的财产税该缴了,还有一笔在 D 国历史上数额最高的罚单,三千五百二十三万一千三百二十一元!"

拿起税单和罚单一看,麦尔丹总统突地跳了起来:"这怎么可能,我咋欠了几亿元的财产税,还有罚金?"

再看仔细些,税单上面还有自己的签名,麦尔丹总统气晕了,脑海里老是浮现着上午与一美女亲吻拥抱签名的情景。

花开的声音

用心良苦

我有一个堂叔,在当地算是一个有文化的生意人,堂叔就只有伟伟一个儿子,并一直视为心头肉。

从小学到高中,伟伟学习成绩门门都是优,而就是动不动就挥拳打人,搞得我的堂叔没在他身上少花脑筋,特别看到当地最近发生的几起大案,都有伟伟的同学掺杂其间,而且都是重判,堂叔万分忧虑,生怕自己的伟伟步入他们的后尘,并再三叮嘱他,安安心心地读书,争取考一所好大学。

教导的同时,堂叔又十分担心,生怕伟伟惹事,特别是对伟伟喜爱动手打人的坏毛病耿耿于怀,并想方设法要去掉伟伟头上的棱棱角角,要是不趁早治好他的坏毛病,迟早要给自己惹出事来。

后来的事实表明,堂叔的担心是正确的,还没过多久,就接到学校教务处打来的电话,说伟伟不进教室上课,并与一些无所事事的社会青年鬼混,班主任老师批评了他,他挥拳打断了班主任老师的肋骨。

赔钱又赔礼,由于气愤不过,堂叔一阵拳脚之后,又将小伟带回家中,第二天一早把他带到村办煤矿,交给老矿长,说老弟我没有本事,教子无方,现在只好请表伯来帮我管教管教,帮我给伟伟退退"火",还说煤矿比劳改农场好。

为此，还当着一些矿工的面，堂叔就说，我家的伟伟就是喜爱打架，以后他若是找你们的麻烦，你们就打，打伤了他，我不要你们的赔医药钱，我还得请你们进馆子，吃肉喝酒包在我身上！

刚一说完，堂叔就示意几位要好的兄弟上前，把伟伟抱起来，在一堆灰煤里滚来滚去，将一把把黑煤直往他的脸和身上摸。

老矿长先是不同意收，又无奈堂叔的嘴皮磨了一层又一层，就把伟伟叫到跟前，问他真愿意来吃这一份苦，说挖煤很累、很脏。阿伟望了一眼自己老爸，天真地点点头，他是想说不愿意，而又怕挨我堂叔的拳脚。老矿长就特地将他交到一位贴心、细致的班长，并如此这般地交代。

于是，前后三个月时间，伟伟就与一班挖煤工一起进入矿井，那一年才十八岁，每天挎着一只电瓶，顶着一盏矿灯，对外公布，老矿长一月给他下达五十吨的采煤任务，而没让他挖采，也没让他推车，工作就是帮其他工人递送工具，而出矿井的时候，一身煤黑，就剩下两个眼睛咕咕地转瞅。

下班的时候，老矿长就去问他。好不好玩？累不累？起初几天，伟伟说不累，还说就是想推车，觉得那才刺激好玩。而推车一要体力，再要经验，时有危险，大家只是要让他出出汗，累累身子，又不能出任何差错，马上安排他装车，一直没能让他如愿。

过了些日子，堂叔专门给一些亲戚打电话，说他家的阿伟上了"煤矿大学"，你们有时间就回来看看。

一听说伟伟当了煤工，几位舅舅、舅母一来，堂婶当着伟伟的面，说她家的阿伟好了，现在进了他表伯开办的煤矿大学。几位很有钱的姑姑一回娘家，我堂叔也说，你们是来看我家阿伟的吧，现在我家阿伟有出息了，开始挖煤挣钱了，你看他过去的几位同学，两个判死刑，两个判十七年……

直到一天，伟伟专门给老矿长买了一条好烟，一瓶好酒，说麻烦表

花开的声音

伯,请去与他的老爸说说情,不要让他挖煤了,这一次出去,一定不与一些哥们儿往来,不打人,若让继续念书,自己一心用在学习上,争取考一所好的大学。他流着眼泪,咬破指头,在一份保证书按上血红的指印,并请老矿长转交他的老爸。

第二年七月,伟伟顺利地考上成都电子科技大学,毕业后一直在东莞发展,现在也是一位不大不小的老板。

当年,堂叔为了磨掉阿伟身上凌厉的锐气,去掉他身上的棱棱角角,更主要是让他明白做人的道理,更要与人为善,做了错事就要受罚,他竟狠心把年少的伟伟送到煤矿去挖煤,真可谓是用心良苦。要是在今天,又有多少人理解呢?

复　　活

矿难发生不久,孙矿长就躺进医院的病床,成天目光灰暗,不言不语,气息奄奄。县、乡两级带长字头的一一前来探望,一家老少伏在左右寸步不离。

早在两天之前,他的家人就接到医院的病危通知,说孙矿长最多还有十个小时的生命时光。

说病就病,没想到他这一乡办煤矿一矿之长,官是不大,而县乡两级带长的没有一个不买他的账。他之所患病,主要是由于惊惧,又怕省里来人彻底清查,真查出自己与上下众人的猫腻,自己进牢房不说,兴许性命不保。

有时,他一合眼睛,就看到一位死难的矿工来找他,说是他欠下三十多条命债,一齐要他拿命来换,欠他们的千千万万的血汗钱,一定要偿还,此人曾是自己矿上二班采矿组的李中汉。

一次,他还梦见两名公安一进门,不由分说,就给自己戴上手铐,推上警车押走……

病魔一附身,就再也没有昔日的威风,肥胖的身子像塌山一般,肉一天一天地往下落。不到一月时间,他已瘦得皮包骨头。年轻娇嫩的妻子伏在床前,哭得像泪人儿。他时不时地拉着她手说,我也不想离开你,都怪我罪恶深重,阎王提早要我到那儿报到,你要想宽些,以后再嫁一个就是,我不怨你,其言也善。

中午,孙矿长突然睁圆的眼睛,土灰色的脸一下变成纸白,张着大嘴吐着粗气。众人以为孙矿长就此向大家告别,显得手足无措,可是没有,他竟自个儿坐起,望着俯首站立在面前来探望自己的乡长、副乡长,一手拉起昔日对自己企业最贴心的张乡长的右手,吓得张倒退几步。

没有想到,望着几位领导,孙矿长却说:"我不是你们的孙矿长,我是在三一三矿难中死去的二班采矿组的李中汉,你们当中谁占有多少股份,我都一清二楚。矿难发生那天早晨,我提出要请人检测一下瓦斯,孙说早请安检人员检查过了,把我们几班兄弟骗进去,活生生的五十多条生命,就只有我一个活着出来!"

众人一听,孙矿长的语气还真是李中汉的语气,几位县乡领导吓得面如死灰,一齐跪在孙矿长面前,浑身颤抖,冷汗淋漓。看来孙矿长的今天,也就是自己的明天,上级纪委和检察院不来送自己上断头台,要不就是死去的李中汉也要带自己去见阎王,五十多名死难的冤魂,随时都要来找自己算账。

花开的声音

望着回光返照的孙矿长,张乡长长跪不起:"事故发就发生了,你们死就死了,又让我们咋办?你李中汉还闹什么,就数你李中汉家补得最多,是十万元!"

随着一阵狂笑,孙矿长又用李中汉的语气大声地说:"你们与县里的朱县长不是一丘之貉吗?你们不是一齐为孙撑腰?我是有幸活出的唯一生命,怕透露矿难的真相,为了灭口,就是你这姓张的请雇打手,要将我活活地用煤渣砸死。上级领导来查,我们一起下井的是五十二名矿工,你们瞒报说只有十八名。你们听着,党纪国法不会放过你们,我和一班兄弟绝不放过你们,就是当鬼也要把你们告垮!"

话音一落,孙矿长身子一倒,脑袋一歪,手一扬,足一蹬,就此咽了气,病房立即恢复死一般的沉寂。

孙矿长一死,张乡长向县里朱县长作了汇报,朱县长并向张作了批示,说是现在风声紧,老孙的丧事要从简,多请两名法师为老孙超度的同时,多花一点儿钱,再给死难的矿工超度一下,省得他们变成野鬼来打扰,而这主要是演给附近的群众看,让死者安息,让他们的家属不要上访上告,不要到时闹得阴沟里翻了大船。

丧事如期举行,张乡长致悼词,在悼词中,张一而再地述说孙二狗为自己乡的乡办企业作出了巨大贡献,同时告诉孙所在村干部,一定要把孙的后事办好,不用火化,墓碑要砌得大方气派,碑文到县城请一个书法家撰写,要刻在大理石上,钱要花的是地方。

接到上级指示,几位村干部也曾得到不少孙的好处,又有乡长的鼎力支持,操办起来更加卖力。

可是天不随人愿,砌树墓碑要用水泥,那位村长亲自开着车去水泥厂拉运水泥,不想把车开到了桥下面,车摔成几大块,人负了重伤,临死的时候,而也是如同老孙回光返照时的那种情形。

随着一阵沉痛地呻吟,那位村长也用李中汉的语气说:"我是李中汉,借咱村村长之嘴来告诉你们,三一三矿难一共死了五十一名弟兄,有人为了减轻罪行,欺上瞒下,只向上级报告占十八名,每人应该补偿抚恤家人的费用应是二十五万元,而他们补出来还不到十万元。我与弟兄做鬼也不放过你们,一定把你们告垮,让你们没有一个有好下场!"

惊愕之余,张乡长立即将此情形汇报给朱县长,朱县长又给张作出批示,要他亲自去请两位高级的法师为矿难死者再超度一次。

刚刚布置完毕,省委就来找朱县长谈话,说是准备调他到市里当一副部长。赴任第二天,省检察院就来人将朱带走,接着便正式批捕,同时还有两位副县长,以及乡村两级的七名基层干部。

法院宣判这天,一位法警用手推车推来一位截除下肢的中年男子来到证人席,五十多名前来旁听的遇难矿工家属纷纷站起。

"这不是中汉吗?他咋活过来了?"一位中年女子在旁听席上直向手推车上的中年男子惊呼和挥手:"中汉!中汉!我是你的婆姨桂枝呀!我家的中汉还活着!我家的中汉还活着!"

盼盼的秘密

那天傍晚,刚一下班回来,他还未落座,刚刚学习回来的莹莹就气冲冲来到他面前,并将几缕弯曲的长发摆到他的面前:"好你个吴志伟,老娘前脚一走,你就在家搞地下情,还带到家里来,睡老娘的床!"

"你一走一月两月,我在家里又当爹来又当娘,你一回来就胡乱喷人!"看她不是闹着玩,他也当了真,要据理洗清强加身上的罪名。

一看是当真,他俩就你一言我一语,安静祥和的七口之家,立即变成了一个火药桶,硝烟味儿越来越浓。

战事一摆开,他的老丈人、丈母娘,马上戴着放大镜看他:"现在的男人变坏太容易了,连他也搞起婚外情,地下情,一夜情……"

接着,双方的父母立即分为两大派系,各自加入儿子、女儿的阵营投入唇枪舌剑。

与此同时,盼盼的爷爷、奶奶不甘寂寞,一起数落儿媳:"我养的儿子我知道,我的儿子不是这种人!"

随后,老丈人便向女婿开战:"真是这样,离了就是!我就不信,我女儿嫁不到一个副科级男人?"

"现在的婚姻,讲的就是自由,青菜白菜凭自己喜爱,要离就离,没什么大不了的!"盼盼爷爷,双脚完全站在儿子一边。

不到半天工夫,烽烟四起,气氛异常紧张,如同大战来临。

"这是咋的啦?"面对面若冰霜的老婆,他好像陷入了不着边际的冰窟窿,一遍又一遍地问自己:"我到底哪儿做错了?"

结婚十年,他与莹莹生气的日子少,就说有一些磕磕绊绊,而只要过几天,立即就会烟消云散,从来没有如此紧张过。

一到晚上,这一七口之家马上形成三大阵营。爷爷、外公为主战派,主张离婚。奶奶、外婆形成投降派,主张妥协,进行和平谈判。盼盼自成中立一派,是战是和,全由父母各自主张。

自始至终,引起事变的导火索竟是几缕发丝,莹莹在盼盼爸车座和床头发现同样的几丝长发,一闻不是自己身上的香气味儿,色泽也不一样,她就来一个铁板上钉钉子,一口咬定他背着自己搞地下情,与别的女人有染。

从中午到晚上,可莹莹就是不容他解释:"你没有外遇,这些长头发到底又从何而来?"

可是,盼盼他爸又真是无以回答,拿不出证据证明自己的清白,就是自己身上生出十张嘴也无济于事,真是百口莫辩,你说冤不冤啊?

当日晚上,儿子盼盼写着日记:"中午时候,我们家爆发一起最为严重的事变,看来老爸是罪魁祸首,是他一手制造、挑起的战端。他在搞地下情,目标是谁,还没出现,暂不能锁定。"

由于气愤不过,他两把就将离婚协议撕得粉碎,他把裹着长发的白纸揉成一团,扔掉垃圾篓,开车来到单位,想静一静。

一连数日,他的心里乱透了,心想盼盼他妈是发哪一根神经,自己没有做错什么,没有外遇,没有与女同事、女朋友、女同学往来,觉得家庭来之不易,现在正是过得有滋有味的时候,又闹出这种不愉快的事来。

思来想去,他一直没有发现问题到底出自哪儿:"那些发丝到底从何而来?而为何又端端出现在床头和车上?她为何凭几缕发丝来发难……"

这肯定不是空穴来风,更不是误会,她如果不是在投石问路,要么就在炮制一场阴谋,是别有用心!

一想到结婚以来,二人恩恩爱爱,他又否定了这一想法,即是如此,他觉得当中一定有问题,是另有隐情。

于是,一个大大问号一直挂在他的脑子里:"是不是莹莹自己出了问题,便以此为借口?"

面对妻子的无中生有,他决心要查一个水落石出,洗清她强加上自己头上的罪名,不能稀里糊涂地背上搞婚外情的黑锅。

跟踪一周时间后,他一无所获,也没有发现老婆有一丝的越轨背叛行为,而两人的关系还在恶化。

周一中午,值妈即将下班的时候,他那同在一单位上班的儿子小姨打来电话,说是借车:"你只要还没和姐离,我就还得叫你姐夫,还得向你

花开的声音

借车！"

"你姐成天疑神疑鬼，哪有的事儿？简直是胡闹，无中生有！"正是气不打那出，他扔过车钥匙，把气发到儿子小姨身上。

一看到他的气色也不好，珊珊哪还管他，拿起钥匙就走。

望着珊珊离开的背影，他忽然想了起来，半月之前，是她开车拉着儿子到市中心购买衣服，莫不是她的发丝吧？只要说是来照顾盼盼时落下的，按理说她姐不但不会怪她，感谢还来不及哩，只要盼盼小姨一认账，自己不就能洗清身子揭掉黑锅了吗？

如此看来，自己一家之命运就系在儿子小姨的一缕发丝之上，千钧一发呀！

可是，自己还是不能大意，一定要慎重对待，要是盼盼他妈一头钻进牛角里，认死理的话，咱这好端端的家还是不保。

只要有一线希望，自己就要争取，死马当作活马医，唯一希望寄托在儿子小姨的头发之上。

直到最后，他才有些后悔起来，自己的想法完全错了，盼盼小姨承认那些头发是自己的，而盼盼他妈即又反把他的地下情人的帽子扣在了儿子小姨头上，他一气之下，就和盼盼她妈签了离婚协议。

与珊珊结婚不久，他看到儿子在摆弄一台笔记本，还有一个 MP3，就问是哪儿来的，盼盼说是小姨奖给他的。他再一追问，是啥奖品，盼盼回答，那些头发是小姨故意撒的，她说只要我保密，就奖我一台笔记本和一个 MP3。